仙人掌女孩

文——達斯蒂・寶林
譯——楊佳蓉

推薦序

你會用單手綁鞋帶嗎？跟著艾玟體驗沒有雙臂的精采人生！

文／國立臺灣師範大學特殊教育學系教授兼系主任　姜義村博士

「小時候在公園，有個小孩指著我大叫：『她的手掉了！』然後驚恐尖叫的逃回他媽媽身旁。」

這本書的第一句話就引起我的好奇心，直覺認為這本書絕對是有趣且特別的故事，主角艾玟以第一人稱，活靈活現描繪出許多特殊孩子從小的經驗和生活日常。她是位個性非常活潑、行為搞笑和充滿創意的十三歲女孩，唯一跟其他女孩不同的是，她天生就沒有雙臂，但這也埋了很多令人捧腹大笑的哏在故事裡面，像是跟同學們說她是在森林野火中燒掉了雙臂，手臂燒到像兩條培根，嚇得同學們看到培根就食不下嚥！這讓我想到之前有位罕病的學生，分享他成長過程中每學期都要跟同學解釋他的病，到後來他煩到受不了乾脆說：「你們還太小，我的病很難解釋，要等你們大學讀到醫學系才會懂啦！」

身為一位特殊教育的學者，我非常喜歡這本書裡對於艾玟這位小女孩的精準描繪，例如：艾玟非常注意穿著的鞋子，除了好穿好脫之外，還要能夠盡量保持乾淨，因為她必須要用雙腳拿食物來吃，和做很多的事！我一度懷疑這難道是作者沒有雙臂的親身經驗？後來我上網查了一下才知道，作者在一次訪談中提到，她是因為偶然間看到芭比・湯馬斯（Barbie Thomas，一位因為意外失去雙臂的健美女性運動員）的影片，才注意到芭比跟一般母親沒有兩樣，她親自照顧家裡的小嬰兒、開車去商店購物、上健身房……等等，這一切都令她感到驚豔而開始構思了這個故事。但是，她自己坦承，身為一位「有雙臂」的人，一定會沒有注意到很多故事中主角的小細節，為了讓這個故事更貼近真實，她還在臉書找到另外一位同樣沒有雙臂的YouTuber Tisha。作者除了花很多時間研究Tisha的每一部影片之外，並主動傳訊息加她好友，也在創作完成後，請她幫忙確認故事中描述的角度和觀點是否符合真實經驗，從這裡就不難看出本書作者的用心和為何能有這麼貼近真實生活的精采描述了。

本書探討了很多議題，非常適合家長和老師帶著孩子們一起討論，例如：一、強調培養獨立能力的教養觀念，艾玟的父母在她遇到挑戰或問題時的態度和反應，非常值得現在許多「直升機父母」好好學習，進而自我反省和檢討改進；二、校園人際關係霸凌問題，同樣值得老師們在班級及校園經營管理上好好留心，尤其在臺灣融合教育的環境中，九成六以上的特殊生都安置在一般學校的普通班級就讀，被鎖定、被霸凌的機率比一般學生高；三、特殊孩子的教養期待和支持，許多特殊孩子會因為父母或照顧者的補償心態，在家中變成小霸王，不論是過度溺愛或是過低期待，而讓特殊孩子失去許多學習成長的機會，也造成未來無法培養社會適應的能力。

最後，我想要分享和臺灣帕運羽球選手方振宇一同出席演講場合時，最喜歡玩的體驗遊戲，請讀者們務必試試看。因為振宇有一隻手不方便，但是每天練習前都要把羽球鞋的鞋帶緊緊繫好，這有多難呢？請大家試試用一隻手綁自己的鞋帶看看，如果您無法在兩分鐘之內綁好，就請您務必帶著敬佩的心，看看沒有雙臂的艾玟，如何在她爸爸失業後，全家一起搬到亞利桑納州，重頭開始新的生活挑戰，不論是人際關係或環境適應，全部都要重新來過。好險她在新的學校裡認識了兩位跟她有類似狀況的朋友，在一次無意間他們發現了一個房間，房間內居然藏著一個天大的祕密！我在推薦序當然不能說太多，請各位讀者跟我一樣，一頁一頁跟著主角們一起抽絲剝繭，親自體驗猶如偵探小說般精采刺激的故事吧！

推薦序

是你怪，還是我怪？只是差異，不是怪異！

文／諮商心理師、暢銷作家　陳志恆

從小，我們就被教導要「尊重他人」，不可以「欺負弱小」，特別是身旁那些「特殊」的孩子，更要友善對待。

沒錯，你也是這麼教導孩子的吧！

想一想，如果有一天，你的班上轉來一個新同學，你發現他沒有雙手，又這麼湊巧，他的座位被安排在你旁邊，你會怎麼與他展開互動呢？等等，在還沒開始行動前，你的腦子裡在想什麼？你心裡又有什麼感覺？這些感覺或想法，會如何影響你去面對一個在生理外觀上，和你長得如此不一樣的人呢？

尊重差異絕對不只是口號，而是一種生活實踐。但是，要如何做得到位，卻不是一件容易的事情。因為，即使有心善待與你不一樣的人，你也不知道，你的做法是否令對方感到舒服。

我永遠不會忘記，在我剛上大學時，在社團中遇到一位腦性麻痺的同學，他走路時，身體扭曲、東倒西歪，所以時常得坐輪椅。即使用盡力氣，講話仍口齒不清。第一次認識他，我便和他被分在同組中活動。即使我努力保持友善，但我完全不知道要如何和他互動，甚至，我連腦性麻痺是什麼，都不清楚。

我只能杵在那裡傻笑。他有些不方便，我想幫忙，但我卻不知道從何幫起；我又擔心，如果主動開口詢問，會不會很失禮？

倒是對方，大方介紹自己的身體狀況，幫助我們更理解他。我想著，他是否很討厭這樣的場合，同樣的臺詞必須重複幾萬次，還得忍受他人不知所措的眼光，就為了要與新朋友展開友誼。而他期待別人如何看待他，與他互動呢？

《仙人掌女孩》小說中的主角艾玟就是個沒有雙臂的孩子。十四歲時，因為父母轉換工作的關係，跟著遷居到新的地方居住。一切都得重新適應，包括人際關係。

當然，這對艾玟而言，是個巨大的挑戰。一個沒有雙手的女孩，如何在全新的環境，與同學展開互動，同時得不斷面對他人異樣的眼光。剛好，她遇到了一個患有妥瑞氏症的朋友康諾，除了常擠眉弄眼外，還會不時發出狗吠聲。

有一次，他們聊起他人見到他們時的第一反應：

「他們只是遇到我就形跡可疑，你知道的，好像他們不知道該不該盯著我、該不該問起我的手臂。可是沒有人把我當成真正的人看待，跟我說話。」

「很多人看到我也是變得怪怪的……」

讀到這裡，不禁倒抽一口氣，這不就是在說我嗎？

當我面對那位活潑開朗的腦性麻痺的社團同學時，我也突然間變得「怪怪」的。而當我變得怪怪的時候，不知道他會不會也想躲起來呢？還是，早就見怪不怪了呢？

閱讀《仙人掌女孩》這本書，可以幫助我們更加理解在身心特質上與大多數不一樣的人，不只表面上的差異，還有內心世界的複雜感受。這也許可以幫助你判斷，如何做到「尊重差異」，才是適切的。

當然，如果你是個常被人當作異類而飽受歧視之苦的人，閱讀這本書，你肯定會深感共鳴，也會深受激勵。你也可以如同書中主角艾玟般，總是樂觀彈性，用爆表的幽默與自信，化解眼前的層層阻礙。

推薦序

從「艾玟的七嘴八舌」到「無手國中生的生存指南」的成長之旅

文／教育部閱讀推手　曾品方

「她的手掉了！」故事就從公園裡的小孩驚恐尖叫開始，接著是缺少雙臂的艾玟自述，從家庭日常到校園生活，艾玟幾乎做得到每一件有手的人能做的事。作者運用幽默有趣、輕鬆對話的筆觸，以及懸疑的身世之謎，帶領讀者進入特殊兒的內心世界，感受他們日常生活的不便，特別是要面對周遭異樣的眼光，是多麼煎熬的歷程。《仙人掌女孩》不只是一部激勵人心的少年成長小說，更能實際應用在親子關係、班級經營、閱讀和寫作三方面。

首先是在親子關係方面，書中呈現三個家庭面對特殊兒不同的教養態度，其中最令人不捨的是患有妥瑞氏症的康諾，他把父母的離異、家庭經濟的困頓，都認為是自己的錯，在內心築起高牆，更加疏離人群。一直到在圖書館裡遇見了艾玟，兩人坦白直面自己的缺陷，在真誠訴說和耐心傾聽之下，建立起真摯的友誼。三個家庭的多樣氛圍，不論是責難、逃避、接納或是積極正向，都有可能是我們面對問題時會出現的反應。透過閱讀他人的困境和因應之道，也能觀照出我們和孩子之間的相處模式，討論這些家庭成員的對話，傾聽彼此閱讀後的想法，有助於建立更緊密的親子關係。

其次是在班級經營方面，師生共讀《仙人掌女孩》，隨著艾玟轉學後在陌生環境裡探險，有時是尋找沙漠中的狼蛛，有時是發現小山丘裡的神祕項鍊，全班一起在緊張的情節中推理真相，在詼諧的語氣裡領悟智慧，彷彿經歷了一場「美國老西部遊樂園」的探險之旅，營造出全班共同的驚奇體驗。此外，書裡有些同學故意模仿康諾的狗吠，深怕艾玟的無手症會傳染，更有人把他們稱為「怪胎」，這些不可取的行為，往往是來自於缺乏相關的知識，而閱讀《仙人掌女孩》不僅能認識特殊疾病的原因和表徵，對於主角們的遭遇更能感同身受，培養同理心，進而欣賞及悅納同學們多樣化的特質，有助於班級同儕之間的和諧相處。

最後是在閱讀和寫作方面，書末提供的學習單，共有十五項提問，從書名到情節轉折，從寫作手法到心情變化，結合了預測、連結、推論和詰問作者等閱讀策略，整體架構完備，很適合運用在閱讀討論，有助於提升孩子們的觀察力、理解力。除了閱讀討論之外，建議提取艾玟的網誌，集結在一起閱讀，讓孩子們從「艾玟的七嘴八舌」到「無手國中生的生存指南」，分析艾玟的前後變化，以及她如何運用文字敘寫外在的事件和內心的感受。我們可以藉由艾玟的網誌來鼓勵孩子們寫作，寫作不只是課堂裡的作文，更是一種成長的紀錄，一種自我表達的最佳方式。

推薦序

認識並接納自己的「不一樣」，你就是自己生命中的光

文／文字工作者　諶淑婷

這是個「一樣」又「不一樣」的故事。

當然，本書主角艾玟的「不一樣」，是非常不一樣，她是一名天生沒有雙臂、被收養的孩子。但她又有很多和其他孩子一樣的地方，例如，她必須上學、要吃三餐（廢話）、喜歡看網路部落格、喜歡踢足球……差別只在於艾玟所有的事情都得靠雙腳完成。

艾玟從小就從養父母身上學到，雖然必須用跟其他人不同的方式去做，但她一定辦得到，她什麼都做得到。她也從養父母那裡學到第二件事，生活要有幽默感，不管是「手臂的好處是被人刻意炒作」、「用手吃義大利麵太無聊了」，或是「有沒有幫

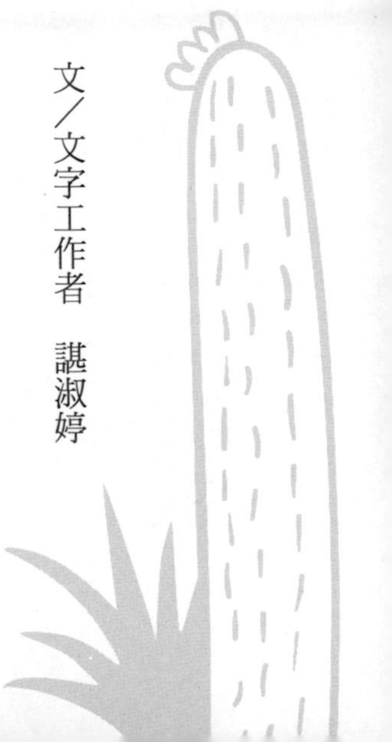

人移除手臂的醫院」。這兩個禮物，讓艾玟在成長過程中度過各種困難的挑戰，就連「你的手去哪裡了？」這麼荒謬的問題，她也能創造出跟鱷魚摔角、雲霄飛車意外、高空彈跳出差錯等有趣的回答。

這個故事裡，艾玟因為轉換環境，離開了原本已經非常熟悉的舒適圈，她就像站在舞臺聚光燈下，用腳做任何事都引人注目，她是新環境裡的「怪胎」，但過去的家庭教育與生命經歷一直讓她覺得自己和眾人相差無幾，這讓艾玟非常難受。

但養父母給她的自信與幽默，讓她慢慢結交了兩位好友，因妥瑞氏症而遠離人群的康諾、體態肥胖而遭到欺負的錫安。作者給了讀者三種不同的「不一樣」個案，一是顯而易見的身體障礙，二是無法從外表察覺的神經發展性疾病，三是最常見也最常被忽略的外貌歧視。三個孩子都有不同的困境，「覺得自己沒對方那麼慘」和「覺得自己更糟」的情緒交互出現，他們一方面心疼彼此，也受到對方吸引。對比於艾玟的自信與豐厚的家庭支持，康諾感受到自己成為父母情感破裂的關鍵因素而自責，錫安的自卑感則讓他失去人際社交的意願。

而艾玟就在康諾的自怨自艾與錫安的自卑之中，慢慢成長。最明顯的轉變，就是她原本是若無其事的在部落格上列出「二十個沒有手臂的優點」，後來變成了「二十個沒有手臂的缺點」，到最後是「沒有手的人二十個必備好物」。康諾用責怪媽媽來掩飾無法忍受自己的妥瑞氏症，艾玟也同樣不願承認自己的「不一樣」，但她內心其實非常焦慮，擔心自己像個馬戲團演員。

艾玟最大的困境在於，她不希望被他人認為自己是殘廢，只能當個沒有手的女孩。所以她所做的一切努力，都只是為了讓自己更像普通人，人生更簡單一些。艾玟要承認這些事，真的很不容易，先承認自己的「不一樣」，你才能看到他人的「不一樣」，爾後艾玟會做些什麼，會不會當個平凡人，或是當一名太空人？這些都不重要了，重要的是，她認識、接納了自己，感受到身為艾玟的力量。

各位讀者，或許你們有和艾玟、康諾、錫安一樣的困難，或許你們的生活非常普通平淡，或許你們的處境更為艱難，請參考艾玟給的生存指南，想辦法找到願意聽自己說話、陪你歡笑的朋友，能給你勇氣的朋友，喜愛你現在樣貌的朋友。如果還沒找到，也沒關係，請你先好好看見自己，你的身體、你的心，非常珍貴，他們要帶著你遊歷世界、嘗試新事物，體驗生活，你要更看重自己，你們就是自己生命中的光。

第一章

小時候在公園，有個小孩指著我大叫：「她的手掉了！」然後驚恐尖叫的逃回他媽媽身旁。他媽媽把他抱到大腿上，大概摸了他的頭十分鐘才讓他冷靜下來。在那一瞬間，我才想到說不定我的手臂真的是在人生的某一個時刻弄掉了；之前我從沒有認真思考過自己沒有手臂這件事。

無論是對我還是對爸媽來說，我遺失的手臂一直都不是問題。我從沒聽他們說過：「喔不，艾玟做不到那件事，因為有手的人才能做。」或是「可憐的艾玟沒有手什麼都做不了。」或是「也許等到有一天艾玟長出手來，她就能做到了。」他們總說：「你要用跟其他人不同的方式做，你一定辦得到。」還有「我知道這是挑戰，不要放棄。」還有「艾玟，你什麼都做得到。」

在那個臭小鬼大叫我的手臂斷掉前，我還沒想過自己有多特別。那是這輩子我第一次意識到自己少了兩條手臂，我想感覺就像是身上的衣服突然不見一樣吧？所以我也跑向我媽媽，她一把撈起我、抱我離開公園，任由我把鼻涕眼淚糊在她衣服上。

那天她開車載我回家，我坐在安全座椅上哭哭啼啼，問我的手怎麼了、為什麼掉了？她說它們不是掉了，我一出生就是這樣。我問她要怎麼拿到新手臂？她說沒辦法。我絕望的號啕大哭，她叫我別哭，說手臂這東西的好處是被人刻意炒作了。我不知道「炒作」是什麼意思，剛才也說過了，那時我還很小，我的腦袋也是小朋友的腦袋。不過接下來的幾天內，我漸漸懂了，因為爸媽不斷說一些像是「雖然可以用手替這張圖畫上色，但我真想跟艾玟一樣用腳塗顏色呢。成果一定會很棒。」還有「用手吃義大利麵太無聊了，真想用腳吃吃看。」還有「能用腳挖鼻孔的人只有艾玟。她真的是個超特別的女生。」之類的話。爸爸甚至還跑去問媽媽說這附近有沒有幫人移除手臂的醫院。

長大以後，我幾乎做得到每一件有手的人能做的事：吃牛奶穀片、刷牙梳頭、換衣服。對，連擦屁股都包含在內。我知道你們現在一定豎起耳朵急著想要知道我怎麼做到的，或許晚點再說……或許吧。在那之前，請各位持續期待嘍。

當然，有些事我要多花點時間，有些則要花超多時間。有時候我得用特別的工具，像是鉤子或束帶之類的。偶爾會沮喪得想要尖叫、猛踢枕頭，直到棉花噴出來，因為，我要花二十分鐘才能扣好褲子的鈕扣。但我有辦法自己扣鈕扣。

我想我做得到這些事情是因為爸媽總是鼓勵我自己想辦法——好吧，更像是命令我自己想辦法。我猜如果他們總是幫我做好每一件事，一旦少了他們，我就什麼都做不到了。但他們沒有事事插手，所以我什麼都做得到。現在我十三歲了，幾乎不太需要別人幫忙。真的。

從我進幼兒園開始，其他小孩就對我少了雙臂的模樣有些害怕，幾乎每天都會被問我的手怎麼了，以及其他一千萬個同樣白痴的問題——像是我沒有手臂、也沒有手掌、更沒有腋下，要怎麼用腋下發出放屁聲？還有我要怎麼穿衣服——我試著表演給他們看，最後，粉紅色蓬裙卡在頭上將近五分鐘，直到老師總算注意到，才幫我拉到腰間。

「生下來就沒有手臂」，不斷重複說這麼無聊的事我也早就膩了，所以我開始瞎掰，是爛到笑死人的那種。第一次跟某個女生說我的手被火燒掉那一刻，我找到了超棒的興趣：編故事。看她眼睛瞪得老大，興奮的尖聲狂問我燒焦的手臂跑哪去，我真的是太開心了。

她：「是火災嗎？」

我：「失控的森林大火！」

她：「在哪裡？」

我：「坦尚尼亞的山上。」（我真的不知道坦尚尼亞在哪，也不知道那裡有沒有山。應該是從某一集《史酷比》卡通裡聽到這個地方）。

她：「那時候你幾歲？」

我：「還是個脆弱的小寶寶。我媽在最後一刻把我救出來。她把我拉出起火的搖籃，衝出燃燒的村子，沿著山路往下跑，留下一串火焰痕跡，我的手臂就這樣燒成碎片！等到衝進村子裡的醫院，我的手看起來就像兩條培根！」

旁邊有個小孩子問：「是焦的還是生的？」

我好像給她留下一點陰影，後來老師為了我的故事找來爸媽。他們瞇細眼睛、抿緊嘴脣，點頭聽老師說：「呃，艾玟跟別的小朋友說她的手臂，是在坦尚尼亞山區的森林大火中燒掉的。」她隔著眼鏡鏡片凝視他們，皺起眉頭，「她還提到了培根。」

我從沒看過爸媽的表情這麼嚴肅，像是專心的板起臉，只要眨個眼，腦袋就會爆炸。他們很嚴肅的說會跟我談談，很嚴肅的跟老師握手，很嚴肅的看著我，最後很嚴肅的帶我離開學校。但我看得出他們沒有生氣，因為回家路上其中一人在輕聲哼笑，然後另一人咯咯輕笑，接著另一人又憋笑憋得渾身發抖，努力不要大聲笑出來，就這樣持續了整趟路。

後來他們要我說實話就好，才不會讓其他小朋友覺得不舒服，我乖了好幾年。然而，五年級的某一天，有個小朋友轉到我們班（我從幼兒園到小學都讀同一間學校，所以我朋友都知道我生下來就沒有手臂）。午休時間，我跟新同學坐在同一桌，他說：「哇！你的手怎麼了？」

朋友全都看著我，我能怎麼辦？我就像灌得太滿的水球一樣，滔滔不絕的說出亂七八糟的故事：我救了被綁在鐵軌上的小狗，火車疾駛而來，牠及時獲救……但我可憐的手臂就沒那麼幸運了。你們該親眼看看那個男生的表情——真是用錢都買不到。我最要好的朋友艾蜜莉放聲狂笑，我朋友凱拉把巧克力牛奶噴了整桌。新同學發覺這只是個笑話，也跟著笑了。

後來大家常常問我：「嘿，艾玟，你的手跑哪去啦？」我會變出各種回答，然後故事越來越荒唐：在佛羅里達州的大溼地國家公園跟鱷魚摔角、奇異的雲霄飛車意外、高空彈跳出了差錯。我盡可能編出可笑的說詞，這樣大家都知道我在開玩笑。

我跟著那些孩子一起長大，從未覺得自己格格不入。在他們眼中，少了手臂的我一點都不怪，因為就如我所說，我一直都在同一所學校。

我從沒想像過爸媽會帶我離開。我從沒想像過他們會要我大老遠搬去亞利桑那州，在八年級開學後沒多久轉到新學校。

還有，我從沒想像過會拯救「老西部遊樂園」、會在沙漠中表演給人看、解開謎團。你們肯定會為我做得到的事情驚嘆不已，就算我沒有雙手。

第二章

某天，爸爸跟我說他要去應徵亞利桑那州的主題樂園經理，我覺得他的大腦八成被外星人還是政府控制了。曾祖母跟我說過政府有一些很可怕的手段，她老是把這種話掛在嘴邊：「一旦社會大眾知道政府在打什麼主意，肯定會掀起革命！」同時在半空中揮舞長滿老人斑跟皺紋的拳頭。

我是不太確定住在堪薩斯州貨櫃屋裡的八十六歲老太太，為什麼可以接觸到這種最高機密，但她就是知道。因此，我無法輕易甩開這個想法——政府在爸爸腦中裝設了某種控制思考的晶片，逼他跑去經營沙漠裡的破舊主題樂園。

我爸媽某天在晚餐桌上跟我討論這件事，菜色是我最愛的奶油麵。喔！天啊——我這才意識到他們是打著賄賂的主意。

「我收到一封電子郵件，對方名叫喬·卡瓦納。」爸爸邊吃麵邊說：「他手邊有個叫驛馬道來著的產業。」

「那是什麼？」我吸起一根麵條。

「亞利桑那州的西部主題樂園。我猜他在某個求職網站上找到我的履歷。總之呢，他邀請我去應徵主題樂園的總經理職位。」

「他一定是看上你的顯赫經歷，王牌餐廳經理。」媽媽說。

「這個嘛，我是不太確定管理餐廳跟管理整座主題樂園有什麼關係啦，但我猜他們的收入大多來自園內的牛排館，他大概是為了這點才來聯絡我。」

「你要去應徵嗎？」我問。

「聽起來挺有意思啊。」

我皺起眉頭，「亞利桑那州真的很遠欸。」

「別忘了你就在那裡出生，小巴巴。」爸爸說：「剛收養你那陣子，我們一直待在那裡，很喜歡那個地方。還想過退休以後搬過去也不錯。亞利桑那州的冬天美極了，溫暖又晴朗。我已經受夠冰冷的冬天。」

「那夏天呢？」我問。

媽媽擺了個臭臉，「聽說就像是太陽表面。」

「說不定這會是很刺激的冒險啊。」爸爸向我不停挑眉。

「一整年都可以游泳、踢足球。」

我盯著我的奶油麵，「我不是很想在太陽表面踢足球。」

「別這樣嘛，」爸爸說：「你可是專業球員，到哪裡都能踢球。」

「別再試圖引誘我了，你都還沒應徵呢。」

「嗯，如果你覺得可以，我就去應徵。」

堪薩斯州是我記憶中唯一的家園，一想到要離開，就感覺糟透了。但是換個角度來看，爸爸原本服務的餐廳倒了，已經失業將近六個月。他真的需要這份工作。

「我沒差。」我喃喃回應，覺得要哭了。

爸爸提出申請，然後他跟媽媽受邀去亞利桑那州餐廳參加面試，親眼看看那個地方。然後對方邀請他們留下來，一起經營主題樂園。看來是需要兩個人的職位。

因此，我們賣掉一大堆家具，捐出不需要的雜物，把剩餘的家當包成一大捆——它們會神祕的從堪薩斯州消失，一個星期後再神祕的出現在亞利桑那州。我們開著自家破車往西橫越幾千哩路，穿過大片國土，祈禱車子不會半途拋錨。

我們好不容易在一天內抵達鳳凰城，才去找旅館休息。這時，爸爸的眼睛紅得像是原子彈爆炸的火球，媽媽的頭髮則翹得像是沒吹乾就去睡覺。

隔天一大早，我們開車經過一輛巨大篷車，車身印著斗大方正的棕色字——「**驛馬道**」，這是我第一次見到這座主題樂園。

然後，我確定政府跟控制思考的晶片一定跟這件事有關。

第三章

車子停在髒兮兮的大停車場裡，我們下了車，明亮熾熱的陽光照得我瞇起眼睛。堪薩斯州的太陽也這麼亮嗎？應該沒有吧。

我東張西望，這輩子還沒看過如此大片的棕色土地——視線範圍內沒有半點青草。亞利桑那州境內真的有長草嗎？應該沒有吧。

我們穿過廣闊的沙土地，走向大門口。雖然還不到開園時間，但柵門沒關，我猜他們不太擔心外人溜進來做壞事。一隻蜥蜴竄過我腳邊，我嚇得跳開。

沙土……沒有……盡頭。驛馬道裡面沒有人行道、草地或像樣的路，有的只是沙土跟老舊的木造建築，搭配陳舊的木頭階梯和門廊，像是隨時都會崩塌。

「早啊！」一臉灰色鬍鬚的男子在一棟屋子門前愉快的和我們打招呼。他頭戴牛仔帽，端著一杯冒煙的飲料。咖啡？在這樣的大熱天？

「早安。」爸媽同時回應。

「蓋瑞，很高興又見到面了。」媽媽說。我盯著她看。

「負責面試我們的人就是他。」她小聲跟我說：「他是主題樂園的會計師。」

蓋瑞走下門口臺階，「想必這位就是艾玟。」

「我們唯一的寶貝。」爸爸說著，一手緊緊擁著我。

我對蓋瑞禮貌的笑了笑。他看起來人好像不錯，只是臉上鬍子感覺刺刺的。

「好啦，」蓋瑞把咖啡往地上一灑，才兩秒鐘就乾透了。「三位遠道而來，相信你們都累了，我送你們去公寓。」

走向位於牛排館二樓的新家路上，爸爸問：「我們什麼時候能見到喬・卡瓦納？」

「喔，沒有人見過喬。」蓋瑞說：「他很少來這裡。」

「真怪，」媽媽說：「哪有老闆不來巡視自家生意的道理？」

蓋瑞笑了笑，摸摸自己的帽沿向她致意，「女士，所以喬才需要優秀的經理。」

爸媽向我描述公寓是個舒適的小地方。針對「舒適」這點，他們沒有撒謊；「小」也是真話，超小的。

蓋瑞跟園區其他幾名男子（他們都打扮成牛仔）幫我們把家當從車上搬過來。媽媽跟我把沒放多少生活用品的行李箱整理好後，對我說：「親愛的，你要不要去外頭探險一下？」

「有什麼好探險的？」

「太多地方了。」她說：「這裡有金礦、紀念品店、博物館，還有冰淇淋店。你可以去買個冰，」她看看錶，「不過，還要半個小時才開門。」

所以我跑出去探險，大概花了五分鐘。隨著時間過去，高溫越來越難耐，我被逼著躲進有空調的博物館。

博物館其實只是個大房間——沒有隔間，牆上掛滿照片，還有幾樣擺在玻璃罩子裡的「藝術品」。這些藝術品包括一堆石頭箭頭、幾片納瓦霍族的陶器碎片、十九世紀初的手槍、一組老舊的馬刺，還有一隻真正的狼蛛屍體，旁邊的說明牌上寫著狼蛛沒有牙齒，牠們靠著毒液融化獵物，直接把液體吸進肚子裡。也太可怕了吧！

我隨意掃視牆上裱框的黑白照片，老舊的木頭地板在我腳下嘎吱作響。這些大多是驛馬道剛開幕時拍攝的，當年看起來還挺了不起的——樂園的中央大街上人山人海，牛仔騎馬秀，甚至還有遊行活動。有一塊牆面空蕩蕩的，感覺原本掛在上頭的照片被人拿下了，空位下的照片介紹還留著：卡瓦納一家攝於驛馬道，二〇〇四年。

我看看其餘的照片跟介紹牌，沒找到更多與卡瓦納一家有關的照片。想到蓋瑞剛才說的：「沒有人見過喬。」真好奇究竟是怎麼一回事？

「你在這裡啊，」爸爸的聲音從我背後響起，「我一直在找你呢。」

我轉過身，「進來吹吹涼風。」

「別擔心，」爸爸抹去自己前額的汗水，「天氣很快就會變涼。你猜我有什麼打算？」

「什麼？」

「騎馬場關了，所以，我想我們可以在那裡裝個球門，練習足球。」

「聽起來不錯啊。」

「你現在想去踢踢球嗎？」

「不會太熱嗎？」

「再怎麼熱都適合踢球。而且我們可以吃冰淇淋降溫。」

「我會不會被晒傷啊？」

「紀念品店有防晒乳。」

我勾起嘴角，「什麼問題都問不倒你，對吧？」

爸爸一手攬著我，帶我踏進紀念品店。「當然嘍，你不知道爸爸什麼都知道嗎？」

我哼笑一聲，他從貨架上挑選了一小罐防晒乳。「你當著媽媽的面再說一次，我要看她有什麼反應。」

第四章

雖然新學年已經開始，爸媽還是給我幾天時間適應環境，才送我去接受折磨。

沙漠嶺中學離驛馬道只有幾哩路，第一天由媽媽開車載我去上學。我坐在車裡，直視正前方，心臟怦怦跳。車子開進巨大的新學校停車場，我以為心臟要從胸口跳出來了。之前我在堪薩斯州就讀的學校大概只有三百個學生，沙漠嶺的規模少說有它的三倍——一千個陌生的同學。

媽媽開著我們的破車排進接送區，前面已經停了一大排車子，大多是BMW、Volvo、Jeep之類的名車，而且都打好蠟、保養得光鮮亮麗、色彩鮮豔耀眼。我們家這輛說不出是什麼顏色的破車連廠牌標誌都找不到，很久以前就不知道掉在哪。老實說，我不確定爸媽是否還記得這是什麼牌子的車，它在停車場裡格格不入，感覺是個不祥的預兆。我們隨著車龍緩緩向前移動。

媽媽轉向我，微微一笑，嘴角抽了下，「要我陪你進去嗎？」

我搖頭，「不用。」

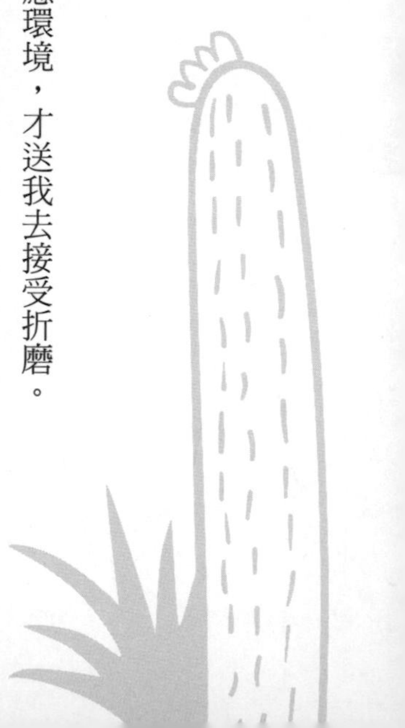

她點點頭，將一縷黑色長髮撥到耳後。「也是，上學第一天就讓媽媽陪著進教室還滿尷尬的。」

「稍微啦。」

她幫我撥撥頭髮，輕輕拉了下髮尾。「還記得第一堂課在哪裡上嗎？」

「嗯，沒問題。」

「記得置物櫃在哪嗎？」

「全在我的掌握之中。」車子靠邊停進接送車格。

「好吧，」她說：「今天早上看你衣服穿反，還把穀片放進微波爐，讓我有點擔心。」

「只是有點分神啦。」我一頭鑽進提袋的背帶。這句話半真半假，我在緊張，超級無敵緊張。

「寶貝，我知道你最近很辛苦。」

「媽，我沒事。真的……我今天會好好的。」

她靠過來親親我的頭頂，「需要什麼就打電話。放學後我會在這裡接你。」

平時爸媽絕對不會把我當成小寶寶照顧。比起親親抱抱，他們的作風更像是叫我像個男子漢，抬頭挺胸的面對一切（他們好像沒在管我其實不是男子漢）。但我猜今天場合特殊。老實說，真希望她別這麼做，害我更緊張了。

我點頭，用腳打開車門，重新穿上新買的紫色芭蕾舞平底鞋。我下了車，包包甩到身側，對媽媽露出堅定的笑容，用屁股把車門關上。

才走出五步，我便得到了第一個注目，我很想無視這樣的關注。爸媽總是教我一次完成一個小任務就好——用腳趾夾住梳子、把梳子舉到頭上、拿梳子梳頭髮……一次一件事。所以我今天的第一個小任務即將達成：走進教室上第一堂課，沒把微波到爛掉的穀片吐出來。

我們昨天參觀過學校，認識教室的位置，跟幾位老師見面，和辦公室的人聊聊。當然，大家都超好超親切，可是他們把同樣的話掛在嘴邊，聽得有點煩：「艾玟，如果你需要什麼，別怕，儘管說。」彷彿早已認定我需要大量協助似的。

我快步走向科學教室，不只是為了避開其他孩子的眼光，也因為外頭熱得要命。等我踏進教室時，已經是滿頭大汗。我直接走到座位，將上學用的包包甩到桌上，從背帶裡鑽出來。我脫下平底鞋，用腳掀開包包上層，抽出科學課本。

住在亞利桑那州的好處之一是，我可以一年到頭穿著芭蕾舞平底鞋（這是我最愛的鞋款）。在堪薩斯州，每到冬天，我就必須穿上保暖的靴子，做什麼事情都要花費更多時間。穿脫平底鞋輕鬆多了。我有棕色、黑色、彩虹條紋、小花圖案的鞋子，現在又多了這雙紫色的。夾腳拖應該更方便吧，不過還要擔心弄髒腳掌，在沙漠裡更要考慮這一點。

我看看四周，發現科學老師哈特女士正盯著我。我笑了笑，她也對我微笑。昨晚我見過她，她當然也說過需要幫忙的時候一定要說。我從包包裡掏出筆記本跟鉛筆，希望她現在能理解我真的不需要大家費心。

我坐下來，轉向隔壁的女同學。女生瞪大了眼睛，訝異的表情顯而易見。「你是……新同學嗎？」她問。

「對，今天是我轉來的第一天。」都已經開學一個月了，才來上八年級的課真是糟透了。

看得出這個女生拚命忽視我不存在的手臂。大家都這樣，好像多看我身體一秒就會變成石頭似的，好像我的身體其實是梅杜莎的頭。

這個女生很漂亮，從長長的黑髮、紅色細肩帶洋裝到她身上的一切。我總想試試看細肩帶上衣，不過，真的穿了應該會很尷尬吧？要是少了美麗修長的手臂，就無法展現出細肩帶的美了。

「呃，歡迎。」她迅速抽出課本開始讀，肯定是為了迴避繼續跟我交談。

我將注意力轉向自己的課本，又轉頭問那個女生：「現在上到第幾頁了？」

「二十三。」她向我的課本伸手，「來，我幫你。」

「喔，沒關係。」我說。她停下來，收手。我舉腳翻書，用靈活的腳趾頭翻到二十三頁，「看吧，我做得到。」

她有些勉強的笑了笑，「你怎麼學會這一招的？」

我聳聳肩，「如果你只有腳的話，就知道能用腳做的事會多到讓你嚇一跳。」

她再次露出尷尬的笑容，回頭看書。她沒說自己的名字，所以我也沒說。我猜人們有時候不打算向我介紹自己，或是問我的名字，是因為他們怕太過親近……親近如此不一樣的事物。

到了午休時間，我決定到外頭的長椅吃東西。我不想進學校餐廳，自己坐一桌，讓其他人看我用腳吃飯，這樣跟站在舞臺聚光燈下有什麼兩樣。我從包包裡抽出午餐，接著注意到幾個學生站在附近直盯著我。我知道他們想幹麼——等著看我吃飯。大家總是好奇極了。

在堪薩斯的老家，我一向和艾蜜莉、凱拉、布萊妮坐一桌，拿歷史老師湯普森先生長長的鼻毛上黏了鼻屎的情景來取笑。凱拉會把蝴蝶餅丟向我，我努力張嘴接住，艾蜜莉則是抱怨她爸媽還是不讓她化妝。沒有人在意我用腳吃東西。

我胃裡一陣抽搐，把午餐塞回包包，鑽進廁所。幸好這裡有自動水龍頭跟給皂機。我緊張到忘記洗腳，這是我吃飯前的例行公事（沒有手不代表我是個可以把髒腳塞進整包奇多起司脆餅裡的髒鬼）。等我擦乾雙腳，肚子突然好多了，但也不再覺得餓。我在外頭找了個樹下的隱密位置，坐在草坪上看起科學課本。

第五章

相信很多人會以為住在主題樂園裡超酷的。如果是迪士尼樂園的話，那當然沒錯。雖然沒去過那裡，但我猜住在驛馬道大概跟住在迪士尼樂園裡差超多，這裡更像是迪士尼的貧民窟。

我們搬進驛馬道的酒館兼牛排館樓上的小公寓，因為經營主題樂園顯然是二十四小時全年無休的工作，你永遠不知道哪個年代久遠的馬桶會爆炸——希望上頭沒人，或是哪個小孩會被發瘋的兔子咬。公寓就在牛排館二樓，每天晚上睡前，我都會聽到酒吧裡吵鬧的鋼琴聲。

牛排館菜單上唯二的主菜是牛排跟漢堡，兩個都搭配燉牛仔豆、玉米麵包、涼拌生菜絲。膽子大一點的話，可以點個炸響尾蛇或是炸牛睪丸（正式菜名叫做「洛磯山脈牡蠣」）當作開胃菜。搬來這裡的第一天我試過炸響尾蛇，沒什麼特別的，嚐起來就像是炸過的某某脆片。但我對洛磯山脈牡蠣沒有興趣，不吃動物的生殖器是我長久以來的原則，到現在也還沒吃過虧。

酒館跟牛排館是你們在塵土飛揚的遼闊停車場停好車後，踏進園區第一眼看見的木造建築，即使在最熱鬧的日子也只坐了四分之一滿。牛排館隔壁是射擊場，提供準星不準的假槍，沒有人能射中貼在塑膠仙人掌、牛仔立牌、禿毛大山貓布偶上的小小靶心。射擊場對面是小不啦嘰的博物館以及一號紀念品店，店裡賣一些像是杯墊、印著仙人掌的小酒杯、裡面藏著蠍子的棒棒糖（誰會吃那種東西啦），和大峽谷的明信片。我猜這樣大家就可以假裝他們去的是大峽谷，而不是驛馬道。我真的不怪他們。

滿地沙土的主要道路——竟然叫做中央大街，貫穿驛馬道，在射擊場旁邊轉了個彎，通往成天播放黑白西部片的電影院。有些人可能會一直坐在裡面，只為了享受清涼的空調。

電影院隔壁是賣懷舊糖果跟冰淇淋的冰淇淋店，白髮蒼蒼的老闆名叫亨利，打從驛馬道開幕以來就在這裡工作，從沒給過正確的商品。點了一球草莓甜筒，會拿到三球巧克力冰淇淋。他看起來有一百歲，老到骨頭都快散掉了，不過，他很神奇的記得我的名字，我猜是因為我讓人印象深刻——一定是因為這頭紅髮。

再往下走會遇到監獄。遊客可以付十塊錢，以吃鼻屎又有口臭之類的罪名把某人送進牢裡。我已經為了爸爸屁放個不停而送他入獄，而且還不用付錢，因為我爸媽負責經營這個地方（就是ＶＩＰ啦）。我打算叫人逮捕媽媽，誰叫她要穿娘娘腔的黃色束口褲！

冰淇淋店對面是動物互動區，裡頭養了三頭山羊、兩頭綿羊、四隻兔子、兩隻雞，還有又老又生病的駱馬義大利麵，牠頭上掛著一顆巨大的腫瘤。負責這塊園區的丹妮絲女士跟爸媽說沒辦法切除腫瘤，因為牠太老了，動手術會要了牠的命。可憐的義大利麵，小孩子都怕牠，跑去摸其他動物。不過，義大利麵跟我之間有某種特別的羈絆。

來到驛馬道最裡側，這邊有一座金礦，由鮑伯這個怪老頭管理，顯然他恨透了小孩子。要是他們問起黃金是不是真的，理論上他要用逗趣的南方口音回答：「這可是貨真價實的驛馬道黃金！」然而，他卻用尖酸刻薄的費城腔說：「你好聰明喔，我們其實是拿真正的金漆噴在石頭上。」或是「如果是真的，你以為我會讓你挖走嗎？」或是簡單的「閉上你的臭嘴。」

還可以請樂園的靈媒蜜朵夫人看手相，不過，她費了點功夫才看透我的未來。我請她看我的腳底板，但她只說我長了很多繭，和喜歡我的藍色亮粉指甲油。

小孩子可以選擇騎那匹看起來有一千歲的老驢子比利，或是前馬戲團的落魄駱駝弗瑞德，在驛馬道後方的十畝沙漠裡散散步。

零星的空屋和店面散布在中央大街其餘的路段，有以前曾是給人拍懷舊大頭照的相館，或是花五塊錢就能騎機器野牛的攤子。那頭機器牛還在攤位裡，但已經毀壞癱倒，看起來淒涼極了。我曾經走遍整個園區，計算空屋共有幾間，答案是十七間，比仍在營運的遊樂設施還多。

六十年前驛馬道剛開幕那陣子，這座在沙漠中的主題樂園或許是滿轟動的景點。但城市漸漸發展起來，除了園區後方的那片沙漠，還有四周的狹窄邊界，再往外走就是大量的高樓和住家。這座主題樂園宛如大城市中央裡小巧又突兀的時空膠囊。

第一天放學後，我走進冰淇淋店，一路跺著髒兮兮的紫色平底鞋，想把掩蓋住鮮豔色彩的沙子抖掉。

「是遊行隊伍來了嗎？」亨利大喊。

「不是，」我皺眉，「我鞋子髒了。」

「沙漠就是這樣。」亨利說，「小艾玟，要我幫你做點什麼嗎？」

「一球薄荷脆片冰淇淋，用杯裝就好，謝謝。」等待冰淇淋的空檔，我看著冰淇淋店牆上掛了整排的狼蛛照片。

「一定有人真心喜歡狼蛛，才會放這麼多照片。」我對著挖冰淇淋的亨利說。

他哈哈大笑，「當然啦！艾玟，你不就很喜歡嗎？」

「我對狼蛛一無所知。」

亨利輕笑一聲，對我擺擺手，像是我說了什麼傻話似的。

「真的啦，我以前從沒看過半隻狼蛛。」我說。

亨利只是笑著搖頭，「艾玟，你騙不過我的。」他把冰淇淋遞給我。兩球香草，好吧。

我小心翼翼的用下巴跟肩膀接過紙杯，走出冰淇淋店，坐進門廊上的搖椅，吃起我的香草冰淇淋（雖然我不愛這個口味）。

我好怕回到家又要繼續接受偵訊。關於上學第一天的詳情，媽媽已經在車上問過一輪了，真的沒什麼好說的。

吃了幾口，我把整杯冰淇淋丟進垃圾桶。我已經探索過大半園區，決定往冰淇淋店後頭繞去，看看後面有什麼東西。

我找到一條滿地沙土（廢話）的小徑，蜿蜒穿過一小片包圍著驛馬道的沙漠，一路走到一棟小屋前——看起來更像是廢墟。這裡是園區的最邊緣，旁邊就是鐵鍊構成的柵欄。看得到柵欄外頭的大型日用品超市，我和媽媽已經去逛過了。

我繞著破屋走了一圈，發現外牆釘上七塊**禁止進入**的警告標語。幾扇老舊的木門掛上大鎖，感覺已經很久沒人理會，因為其中一扇門的門把早已從腐爛的木板上脫落，徒留毫無用處的鎖頭。

我用身體推著門把，可是門板卡得很緊，幾乎紋風不動。要是有人幫忙伸手往外拉就好。我隔著窗子往內看，透過厚厚的塵土，只能勉強看出屋內有一堆堆紙箱，以及像是舊道具的東西。

到底是誰要把這間塞滿垃圾的屋子鎖起來，還釘上**禁止進入**的標語？我一定要進去看看。

第六章

「你的午餐怎麼全部都還在？」媽媽翻遍了我上學用的包包，對我瞇細雙眼，抓起裝著午餐的袋子，簡直就像在謀殺案審判庭上拿著證物袋。「你什麼都沒吃嗎？」

「有啊，我吃過冰淇淋了。」我用下巴和肩膀拉動爸爸裝設的輔助帶，打開冰箱，用腳拉開放菜的抽屜，抽出一小袋紅蘿蔔。

我感覺得到媽媽在我背後皺眉。「艾玟，你總有一天必須在其他小孩子面前吃東西啊。」

「我知道。只是今天不餓。」

「親愛的，你很在意其他人嗎？」我聽得出她語氣中的悲傷。

「媽，這是我第一天上學耶。我只是緊張到沒有胃口而已。」

「好吧，希望真是如此。因為真的沒什麼好在意的。」

「我知道。」我關上冰箱，轉過身。「要聽我說件怪事嗎？」

「當然。」

「冰淇淋店的亨利一直說我超愛狼蛛。」

「那你覺得呢？」

我笑了幾聲，「不知道。他為什麼要說這種話？」

「寶貝，他得了失智症，腦袋已經不清楚了。天曉得他說這些話的時候，心裡在想什麼呢？」

「我猜他好像真的認定我是喜歡狼蛛的人。他今天還給我香草冰淇淋，好噁。」

媽媽嘆息，「我知道。可是爸爸跟我並不打算換掉他，他已經在這裡工作六十年了，我們怎麼狠得下心呢？」

「對啊，這樣做就太糟了，」我同意，「我可以慢慢喜歡上香草口味。」

媽媽對我微笑，「喔，差點忘了，要給你一個驚喜。」

我跟她走過短短的走廊，用下巴跟肩膀夾著那包迷你紅蘿蔔，來到我房間。這層公寓只有兩間小臥室、一間浴室、一間起居室、一間廚房，比我們在堪薩斯州的舊家小多了。

「登登！」一踏進我的小房間，她興高采烈的做出音效。

「哇噻！」讚嘆聲脫口而出。我的書桌上多了臺嶄新的電腦。

「爸爸跟我覺得你應該要有自己的電腦，還找到這個給小朋友用的鍵盤，按鍵做得特別大，可能會比我們的舊鍵盤好用。」

我甩掉鞋子，用腳趾敲敲按鍵。「嗯，我覺得很不錯。謝啦，媽。」

我用腳趾頭按開電源，等待電腦開機。

「還有一件事。」媽媽叫我輸入一串網址。「你的個人部落格！」她開心的大喊。

我凝視著網頁。「太酷了！」

「爸爸幫你架的。我們知道你喜歡看艾蜜莉跟布萊妮的部落格，想說你應該也要有一個。或許可以透過這個管道，讓她們關心你的近況。」

「我該在網誌裡寫什麼？」

「艾蜜莉跟布萊妮都寫什麼？」

「布萊妮大多都在聊奇幻小說，艾蜜莉想要當餐廳評論家。」

媽媽笑了笑，「那你要不要寫足球的事？對了，你有問到球隊選拔的日期嗎？」

「可惜要等到春季。我本來還期待有秋季的選拔呢。」

「太糟了。好吧，那你跟爸爸只好努力練到那個時候嘍。」爸爸已經在騎馬場架好球門。某天清早，在太陽來不及把我們烤熟前，我們去了球場一趟。雖然球在滾動過程中沾滿沙土，但還是滿好玩的。

「好啊，我們會好好練習。」我二年級的時候，爸爸帶我進入足球的世界。在那之前，我們嘗試過幾次「爸爸風格」的活動，大多以失敗收場，甚至可說是災難。像是他教我釣魚那次，上鉤的總是我的耳朵和腳趾，就是沒勾住魚嘴。還有一次，他帶我去露營，整趟旅程爛透了——沒辦法沖澡、沒有軟綿綿的床墊、沒有電視，只有臭到不行的營火。我知道你們一定在想，我覺得爛是因為我沒有手臂，才怪！我就是超討厭露營。

爸爸決定他得教我某種運動，不然除了看老影集《獨行俠》、吃辣椒之外，他跟我之間沒有任何共通的興趣，所以很明顯的，足球成了首選。在學校嘗試過其他運動簡直是惡夢，大家會拿各種球丟我（橄欖球、棒球、籃球，隨便你選），那些球當著全校同學的面打中我的頭或臉，這可不是件很光彩的事。不過，足球就是我能駕馭的運動。

媽媽大嘆一口氣，「現在我要去那個無聊的金礦跟鮑伯談談了。」說出他的名字時，她冷笑一聲。「你知道嗎？他今天直接打掉一個四歲小孩手上的鏟子，因為他光顧著挖石英，不挖黃金。爸爸得招待他們全家吃冰淇淋，還送他們T恤賠罪。」她氣得雙手一攤。

「他真的很可怕。要是哪天他拿鏟子打中小小孩的腦袋，你們要賠的就不只是冰淇淋跟T恤了。」

她驚恐的瞪大雙眼，好像我成了蜜朵夫人，預告了即將發生的事件。我咯咯笑著，目送她氣勢洶洶的離開我房間，準備找鮑伯好好談一談，嘴裡喃喃唸著要他管好自己的行為，不然她就要不客氣了。我很高興媽媽跟爸爸一起打理園區，她看起來如魚得水，我白天上學的時候，她也不會太無聊。

我轉身盯著螢幕，送出第一篇網誌。

學校爛死了，外頭比洗碗機的蒸氣還熱。不過沒那麼溼，也沒有洗碗精的味道。幸好我的手不會熱，哈哈。對，因為我沒有手。

送出去之後，我滿意的對螢幕點點頭，坐到床上，一邊吃紅蘿蔔、一邊寫作業。

老師人都很好，但我不希望他們給我特別待遇，雖然他們看起來很想這麼做。最糟的一刻是美術老師傑弗利先生問有沒有人要跟我同組，幫我準備顏料。就算他叫我頂著油漆桶跳踢踏舞，也不會那麼尷尬。我跟他說不用請人幫忙，我自己可以準備好。

在我取來所有用具，擺在工作區的時候，全班同學一直盯著我，並且努力假裝他們沒在盯著我。這種事情我要花費的時間比一般人多出兩倍以上，但我依舊是全班最快準備就緒的人，我猜是因為其他同學只顧著偷瞄我。我試著不受旁人影響，整天提醒自己他們會好奇是很正常的反應，我不該被他們影響。

我好想念以前的朋友。在堪薩斯州，沒有人把我當成異類對待。當然，到其他地方我還是得要面對旁人的眼光，但在學校完全不用擔心。我特別想念艾蜜莉，希望她就坐在我旁邊，陪我寫功課，聽著艾蜜莉超愛的難聽流行歌，被某件蠢事逗得呵呵笑。可是，房裡只有我一個人。

我腳趾靈巧的夾著鉛筆寫完一題數學，嘆了口氣。我愛數學，因為只要單純解決問題就好。從小爸媽就訓練我要成為解決問題的大師——像是那種見招拆招的武術高手。雖然八歲那年，我花了一個小時穿上泳衣，他們還是沒有出手幫忙，在那之後我再也沒被泳衣難倒。他們堅信我會成長為自立自強的解決問題專家，但現在我只希望能解決眼下的難題：如何在一大堆把我當成怪胎看待的男生女生裡交到朋友。

第七章

隔天的午休時間，我又進廁所洗腳，但這回等我洗完，我甚至擠不出離開廁所的勇氣。光是想到其他人看我吃飯，我的肚子就跟昨天一樣絞痛不已。

我把自己鎖在無障礙廁所裡面，坐在馬桶上，掏出午餐，謹慎的不讓腳底直接踩到地板，或是弄掉花生醬三明治，否則我這天恐怕不會有半點胃口了。

我在學校總是吃花生醬三明治，因為花生醬會把土司牢牢黏在一起。包了萵苣、番茄、起司的火雞肉三明治對我來說是一場災難。就連好手好腳的人在吃火雞肉三明治也會把餡料灑得到處都是。我想像自己在廁所裡吃那種東西的場景——所有的東西全掉在噁心的地板上，我的腳趾間只剩沾滿美乃滋的麵包——忍不住笑出聲來。

咀嚼紅蘿蔔的同時，我聽見兩個女孩子走進廁所，她們聊著某個可愛的男生看著她們其中一個人。

我翻翻白眼，繼續啃咬紅蘿蔔，希望這聲音在她們耳朵裡沒那麼響亮。我可是被好幾百個男生注視過。天啊，男生總是在看我，但我不認為他們看我的理由跟看那個女生的理由一樣。

等到廁所安靜下來，那兩個女生顯然離開了，我才拎起包包，走向教室。

這天的美術課好多了，傑弗利先生一定是得到了教訓，沒再代替我向同學求助。

又過了一天，我再也無法在廁所裡吃午餐。除了環境真的很不衛生之外，這個地方讓我憂鬱極了。於是，我叫自己別再畏畏縮縮，不顧擰成一團的腸胃，我坐在第一天看書的那個隱密位置吃三明治，希望不會有人注意到我。

幾個學生從旁邊經過，偷看我幾眼，但我努力不去理會他們，也不理會自己沉重的心跳。我小心翼翼的用腳趾夾著起司條，咬下一口。這時，三個女生走向我，我把起司放到紙巾上，不想讓她們看我這樣吃東西，我對她們緊張的笑了笑。

「呃、嗨。」其中一人跟我打招呼，她穿著可愛的小花圖案細肩帶背心，又一次，我被不敢穿這種衣物的恐懼刺中。

「嗨，你們好嗎？」我誠心期盼臉上沒沾到半點食物殘渣，因為我不打算當著她們的面用腳或是肩膀擦嘴。

「很好。」另一個女生回應。她穿得也很有型，可愛的綠色坦克背心搭配牛仔短褲。「你呢？」

「很好啊。」希望她們不只是因為好奇才來接近我。我暗罵自己怎麼能以為人家只在意這種事，說不定她們是想邀請我一起吃午餐，這樣我就不用自己一個人吃了。

「那個……呃，可不可以請問你的手怎麼了？」小花背心問我。

啊，是好奇。我嘆氣。我沒心情跟她們說我的手臂是被斷頭臺之類的東西切掉。這三個女生看起來緊張死了，一定會嚇壞她們。於是，我乖乖回答：「這是極度罕見的基因異常，會導致肢體畸形。」

她們一臉驚慌，「會傳染嗎？」綠背心接著問。

我凝視著她，往她臉上尋找開玩笑的跡象。我想像把沒有手臂的症狀傳染給其他人，被我一碰，他們健全的雙臂就會萎縮，在一陣噁心的「咻啵」聲中縮進肩膀裡。我緩緩搖頭，清清楚楚的回應，讓她聽懂：「不會，這是基因問題。是天生的。」

她們鬆了一口氣，小花背心說：「喔。很高興能認識你。」我看著她們走遠。

我低頭盯著我的起司條。不，這些女生才不認識我，她們連我的名字都沒問過。沒有，她們只認識了我失去的手臂。她們只看到這個、只對這個感興趣。不只是好奇，她們還很害怕，害怕會被我傳染。

我再也感覺不到飢餓。我收起剩餘的午餐，塞進包包，等待午休結束的鈴聲。

第八章

在驛馬道園區後方，在比利跟弗瑞德載著源源不絕的尖叫小鬼打轉的沙土小徑中央，有一座山佇立在此。那是一座小山。好吧，說它是山太看得起它了。山丘還比較貼切——是野心勃勃、拚命想成為山的山丘，但終究還是一座小山丘。

傍晚的風開始轉涼，天空也變成我從未看過的色調，我喜歡趁這個時候在中央大街漫步。我半途停下來探望義大利麵一下，可憐的突變駱馬義大利麵，牠很清楚被其他孩子孤立的心情。

如果冰淇淋店沒客人，亨利八成會坐在門口的舊搖椅上休息。他總是對我揮揮手，打招呼：「你好啊，小艾玟。」經過金礦跟鮑伯面前時，我假裝被遠處的什麼東西所吸引，努力不和他的眼神對上。

小徑繞過山丘，沒有直接通往坡頂的路，所以我閃過像是桌球拍、巨大龐克頭的仙人掌，提防蠍子跟響尾蛇，爬上最頂端。一路上不少仙人掌刺戳進鞋跟，等我回到家，媽媽得拿鑷子幫我把刺拔出來。

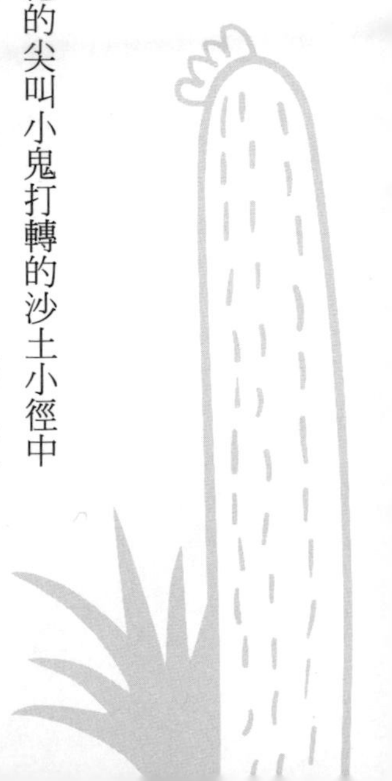

山丘頂上長了一棵雄偉的巨柱仙人掌。它大概有十個我疊起來那麼高，擁有七根驚人的分支，像手臂一般朝著鮮豔的傍晚天空伸展。

炫耀個屁啊！爸爸說這棵巨柱仙人掌大概有兩百多歲了（他用google查的）。我喜歡坐在硬邦邦的沙漠土地上，想像這棵巨柱仙人掌見證的一切——它看著驛馬道在六十年前開幕，看著亞利桑那州在一百多年前成為州。當南北戰爭在這個國家的另一頭打得如火如荼，當女性終於得到投票權，當馬丁．路德．金恩發表「我有個夢想」的演說時，它就已經佇立在這裡。它這輩子見證過數十億人的生生死死，當然了，在我出生那天它就在這裡，大概等到我死了，它仍舊屹立不搖。

我是這棵仙人掌一生中最微不足道的小事。我努力回想當天色暗下，斯科茲戴爾市跟鳳凰城的燈光照亮大地，那裡有數百萬盞燈，數百萬個人生。然後這裡只有我，坐在穩健的山丘上，等到白天，那頭可憐的老驢子跟疲憊的駱駝又要來山腳下打轉。

說到頭來，在學校沒有人跟我說話又怎樣？他們只希望別被我弄得渾身不舒服又怎樣？就算他們怕我怕得要命，那又怎樣？

我不該在意的，我不想在意。但我就是在意。

第九章

我決定下一個午休時段要在圖書館度過。到圖書館有兩條路能走：一條人多，會直接經過學校餐廳；另一條人少，要繞過辦公室。我選擇比較遠、比較安靜的那條。只要能避免更多視線，什麼都好。

轉彎時，我差點被一個靠牆而坐的男生絆倒。我低頭一看，發現他自己一個人吃午餐。我別開臉，喃喃道歉，匆忙走向圖書館。

走遠之前，我聽見他在我背後輕聲說：「沒關係。」

走進圖書館，我把包包往桌上一放，看了看四周，只看到另外一個學生跟兩名館員。我想大部分的小孩都喜歡利用他們的午休時間吃午餐、和朋友聊天之類的，應該是吧？

我掃過一排排書本，尋找能帶我離開現實的刺激冒險故事，因為現實的孤單讓我心裡不舒服。我用腳抽出兩本書，夾在下巴跟肩膀之間，回到座位區，用最輕巧的力道放下。

我坐下來，翻開《地心歷險記》。以前在堪薩斯州，曾祖母送我電子書閱讀器當作耶誕禮物。電子書對我來說有如上天的禮物，不再需要面對薄薄的紙張，只要用腳趾滑過螢幕就能翻頁。但我偶爾還是喜歡挑一些紙本書來看，翻頁的訓練可不能荒廢，畢竟，不是所有的課本都有電子版。

還沒看完第一頁，就聽到一聲狗吠。我東張西望，納悶圖書館裡哪來的狗兒。我沒看到狗兒的蹤影，不過，閱覽室另一端有個男生正盯著我看，碰上我的視線就連忙轉頭。我臉頰發燙，注意力回到書上。他大概也是跟其他人一樣好奇多看幾眼吧。

又聽見一聲狗吠，感覺是從那個男生的方向傳來的。我看了過去，還是沒見到半條狗，這時，最怪異的事情發生了：那個男生對我吠叫。我不知道該直視他的雙眼還是撇開臉。不知道他是不是有什麼問題，是不是精神不正常，隨時會撲上來攻擊？還是說他想用超怪的方式來取笑我？

我決定繼續看書，我最擅長無視旁人了。過了幾分鐘，他又叫了一聲。或許我的無視功力沒那麼高超。我起身，走向他。在我靠近時，他低頭看著自己的書。等我終於站到他面前，他緩緩抬頭對上我的臉，長了些雀斑的臉頰一片通紅，我應該也差不多。「抱歉，」我慢條斯理的詢問：「你為什麼要……對我吠叫？」

我沒想過眼前這人的臉還能更紅，但他整顆頭看起來要炸開了。

「呃……」他有些結巴，「對不起。」

「你在取笑我嗎？」

「喔，不。」他又吠了聲，「我無法控制。我得了妥瑞氏症。」

我瞪著他，「你有什麼？」

「妥瑞氏症。」

「那是什麼？」

男生清清喉嚨，吠了一聲，繼續說：「妥瑞氏症是一種神經性疾病，會引發不由自主的動作或是聲音。」他扯扯那頭亂七八糟的淺棕色頭髮，看起來緊張極了。

真不敢相信——他背出了想必練習過好幾次的病情說明，就跟我過去做過的數百次解釋一樣。

男生的視線從我的臉上移到我手臂應該在的地方。「哇！你沒有手欸！」他的驚呼像是在說「你都沒有注意到嗎？」

他對我不存在的手臂的反應是如此直接，我忍不住笑了。我低頭一看，假裝尖叫，把他嚇得稍微跳起來。「天啊！我就知道今天把什麼東西忘在家裡了！」

他表情空白了好一會兒，似乎不知道要如何回應我的冷笑話。

「你的手怎麼會不見？」最後他這麼問。

我聳聳肩，「我老是忘東忘西，可能是今天早上拿牛奶的時候忘在冰箱裡了吧。真的，它們掉在哪裡都不奇怪。」

他咧嘴一笑，吠了一聲。「是為了什麼原因被截肢了嗎？」人們通常會假裝他們沒發覺我少了手臂，或是一副陰陽怪氣的模樣，就像昨天午休遇到的那些女生。遇到這樣坦率誠實的人，真的是讓我鬆了一口氣。

我坐到他隔壁，靠向他。他沒有避開，反而往我這邊靠近。

「你有沒有看過馬戲團？」在最新的故事開始前，我都會先問一下。而且這個故事我還沒跟別人說過。

「沒有。」

「好吧，我以前是高空秋千演員。你知道那是什麼吧？」

「他們是不是掛在繩子上之類的？表演特技什麼的。」

「喔，他們會的把戲不只這些，還有像是從繩子上盪出去，在空中翻筋斗，再抓住另一條繩子。他們通常兩人一組，其中一人抓著搭檔，把他丟向半空中，在對方翻完筋斗後接住。超酷的。」

「好厲害喔。」他顯然聽得入神，「可是你沒有手，要怎麼表演特技？你是用腳嗎？跟猴子一樣？」

「不是，我原本也是有雙手的。」

他淡褐色的眼睛瞪得老大，「原本？」

我點點頭，「對。跟你說，我的搭檔跟我想嘗試一套新的花招，我要在空中翻三個筋斗，然後他握住我的雙手，但這樣不得了的特技需要飛快的速度，當他接住我的時候……」我閉上雙眼，深呼吸，製造戲劇效果。「他接住我的時候，我的肩關節鬆開，手臂就這樣扯斷了。」

他張大嘴巴，「什麼？」

「超可怕的。」我繼續說：「他掛在半空中，握著兩條手臂，鮮血噴灑在尖叫的觀眾們頭上。新聞鬧得很大。你沒看過嗎？」

我們繼續互看，像是在比誰先眨眼就輸了。他的嘴角越勾越高，最後，口中爆出笑聲。「全部都是你編的故事。」說完，他笑得更大聲了。他覺得我的故事好笑，真是太欣慰了。

「康諾，小聲點。」圖書館員抱著一疊書經過我們身旁，「這裡還是圖書館喔。」

他對館員笑了笑，又吠了聲。等她走開，他回頭看我，依然止不住笑聲。「她是萊特女士，她人超好的，讓我在午休時間坐在這裡，就算我有時候抽動發出很大的聲音。午休時間圖書館幾乎沒人，所以這是我一天中最舒服的時刻。」他又扯扯頭髮，「所以你都這樣跟別人說嗎？說你的手臂在馬戲團意外中斷掉？」

「不，這是我最新的故事。我天生就是如此。真相無聊死了，所以我會編一些有趣的故事。你想聽的話，我還有一堆故事能說。」

他點點頭，「你叫什麼名字？」

「艾玟。」

「我是康諾。我想跟你握手，可是……」他朝我空蕩蕩的手臂歪歪腦袋，同時迅速眨眼、吠叫。

「可是你手心長滿疣。」

康諾又笑了，「艾玟，你好好笑。」

我臉又紅了。我的皮膚很白，就算只是一點泛紅看起來都會很誇張，現在我應該紅得像霓虹燈了吧。以前我上網搜尋過關鍵字「極度臉紅」，發現我的狀況有個很駭人聽聞的病名：特發性臉部紅斑症。隔天我在學校裝模作樣的宣布：「我得了特發性臉部紅斑症！」導師當天傍晚叫媽媽來關切我的健康狀況。

康諾迅速眨眼，吠叫一聲。「你來這裡多久了？」

「才轉過來幾天。我們一家人剛從堪薩斯州搬來這裡。」

「堪薩斯州。」康諾重複我的答案，「你有看過龍捲風嗎？」

「當然，我們家有躲龍捲風的地窖。很多人家都有。」

「你們有躲進去過嗎？」

「喔，有啊。幸好我們家從來沒有被吹壞。」

「我以為你要編瘋狂的故事，說你們家被龍捲風颳上半空中，當時你還在屋子裡之類的。」

「才不會呢，我只為我的手臂編故事。等等，仔細想想，我可以說龍捲風是如何把我的手吸走。」我想了一會，「晚點我再思考一下。」

「酷，我等不及聽你說啦。我很想看到真正的龍捲風。」康諾腦袋一歪，再次吠叫。「所以你們為什麼要搬來這裡？」

「我爸媽負責經營叫做驛馬道的主題樂園。信不信由你，我們就住在裡面。」

「太酷了吧！」

「沒那麼酷啦。」

「真的很酷。我家離那裡滿近的，我爸媽曾經帶我去那裡玩，不過，已經很久沒去了。」

「喔，也沒什麼好可惜的啦，別在意。」

「他們還會表演槍戰嗎？」

「有。」

「騎駱駝？」

「有。」

「挖金礦？」

「有。」

「酷。」

「你有空可以來看看啊。」我對他說：「反正你有一陣子沒來過，又住得這麼近。我可以招待你吃冰淇淋。」

他對我的邀請有些忸怩不安，「再看看吧。我其實不太喜歡出門。」

「喔，好吧。」我說完，發現他持續高速眨眼，「所以你的那些動作，像是吠叫啦，眨眼啦，抽動什麼的，都是因為你……」

「妥瑞氏症。對，真的很煩。」

「那些不能稍微忍一下？像是憋住呵欠那樣？」

康諾點頭。「我可以忍一下下，以前我試過了，在學校表現正常一點，忍住那些衝動，可是很痛苦，真的、真的很難憋住。等我回到家，所有的抽動症狀會一次大爆發，你絕對想像不到那是什麼模樣。我媽看了心裡很難過，而且忍一整天，到了晚上又全部釋放出來會害我超累，連功課都沒辦法做，所以後來我就不忍了。」

「有辦法吃藥或是看醫生治療嗎？」

康諾搖搖頭，「我試過一些藥，沒有幫助，還害我更嚴重，讓我每天都超級累，累到幾乎無法下床。」

「沒有其他辦法了嗎？」

「是有啦。在我爸媽去年離婚前，我有在看治療師。可是現在我媽忙著工作，我就沒去了。」

我皺眉，「其他同學都怎麼對待你啊？」

「這個嘛，我猜大部分的人現在都習慣了。有時候會有人取笑我，我聽過有人在走廊學狗叫之類的。有時候在我抽動發作特別嚴重的時候，會聽到有人笑我。有一次我聽到座位後面兩個小孩在笑，一轉身，發現他們在模仿我歪頭的動作。」

我的臉皺成一團。「太可怕了。」

康諾聳聳肩，「我想有些人以為我做這些是為了得到關注，不過我才懶得管他們怎麼想。基本上我遇到的人，一開始都以為我是故意的。」

我咬住嘴脣。我剛才也是這麼想的。「你有朋友嗎？」我問。

康諾再次聳肩。「我才在這裡待了一年。媽媽跟我賣掉原本的房子，搬到驛馬道附近的公寓，所以我得要轉學。適應新學校什麼的很不容易，我猜這是我窩在圖書館的原因。你呢？」

「我還沒交到朋友，不過以前在堪薩斯州有很多朋友。我猜是因為我們一起長大，沒有人覺得我哪裡怪。他們都習慣了。」

康諾點點頭，「對啊，我以前的學校有幾個朋友，他們不在意我的抽動，可是現在搬到這麼遠的地方，我就沒再見過他們了。」康諾翻翻白眼，眨了幾下眼。「有人對你很壞嗎？」

「沒有，不算吧。他們只是遇到我就形跡可疑，你知道的，好像他們不知道該不該盯著我、該不該問起我的手臂。可是沒有人把我當成真正的人看待，跟我說話。」

康諾感同身受的點頭，「很多人看到我也是變得怪怪的。只是我覺得他們在顧忌能不能笑，不確定自己的舉動會不會冒犯到我。有些人就視而不見，當作我什麼都沒做。我想我最喜歡這樣。」

「有些人也是這樣對我，但我覺得很怪。」我說。

康諾歪歪腦袋，笑了。「對，就好像少了兩條手臂是一件容易忽視的小事。我是說，你要多眼殘才不會發現旁邊有個人少了雙手？」

「我是還滿眼殘的啦，不過只花一分鐘就看到了。」

「就是這樣。」準備上課的鈴聲響起，我的心一沉。我想繼續跟康諾待在這裡。除了爸媽以外，能有個聊天的伴真好。「我去拿包包。」我起身，低頭看他，「很高興我今天碰巧跑進圖書館。」

康諾抬頭望著我，微微一笑，「我也是。」

第十章

星期日下午，我又寫了一篇網誌。

如果你跟我一樣有畸形的問題（噁，我真討厭這個詞），你肯定要面對各式各樣的眼光。我最常遇到的是「我超淡定，就算你沒有手我也不在意」的表情。這些人假裝他們沒注意到我少了兩條手臂。也可以說是「沒錯，我很習慣看到沒有手的人」的表情。你們膩不膩啊？少來了，你們最好是沒注意到我沒有手啦。我一眼就看穿了，你們不肯看我脖子以下的部位，彷彿太陽就鑲在我胸口似的。拜託，你們就看吧，看完了有問題就問。這些人太做作了。

還有一種眼神被我稱為「天啊，我竟然盯著你的肩膀看。開玩笑的，我沒在看啦。我看到了。沒有，我沒在看。」我會瞄到這些人直直盯著我看，但我一回頭，他

們就別開臉。說真的，各位，你們騙不了我的。繼續看啊，會好奇是很正常的。大家都一樣。

還有那種可怕的憐憫眼神——「喔，你這個沒有手的可憐孩子。」這些人不只看著我，還在對上我的視線時露出同情又難過的微笑。省省吧，你們該對飢寒交迫、無家可歸的孤兒露出這種表情。少了兩條手臂並沒有那麼慘。

然後，最糟的來了，我總要特別認真去面對那些還沒學會禮貌的小小孩。那種表情叫做「我忍不住盯著你看，因為你是怪胎。」有時候他們會尖叫著逃走。

我停止打字。雖然這篇網誌的語氣輕鬆逗趣，可是我沒寫出我如何費盡全力忽視那些眼神。我沒寫出我假裝毫不在意，但即便看了十三年，心裡還是很受傷。我也沒寫出上回被人這麼看是在昨天，跟媽媽去超市買東西的時候。

媽媽喜歡帶我一起去超市。她說我需要學習如何自己買生活用品，不過我相信她是喜歡有我這個任憑使喚的小奴隸。媽媽基本上只要發號司令，叫我從貨架上拿來各種東西，比如說最高層的醬油（你們一定會被我的柔軟度嚇死）、中層的穀片、農產品部門的整袋蘋果（我們都買包裝好的東西，這樣，我就不用當著大家的面把腳掌貼在新鮮食物上了）。對，還有烤全雞。烤雞簡直是世紀災難，不過，這不是重點，我們在超市待了三個小時也不是重點。有時候我希望除了叫艾玟做這做那之外，媽媽能有其他嗜好。

於是，我來到擺滿穀片的走道，努力用腳從架上抽出一盒玉米球，費了一番工夫之後，總算把盒子卡在我的腦袋跟肩膀之間。但是當我站起來，轉身把穀片丟進購物車時，我逮到有個小女生站在旁邊，臉上露出可怕的「我忍不住盯著你看，因為你是怪胎」的表情。

我盯著她看了幾秒，說：「你對玉米球有意見嗎？」

她媽媽原本忙著看沖泡式燕麥片的標示，迅速抬起頭，看到事發現場，抓著她的購物車跟女兒匆忙離開。

我一副酷樣，把它當成最不需要在意的小事，但我仍記得每一個細節。每一次遇到這種事，我總是記得清清楚楚。

等我上傳完網誌，爸爸找我去幫忙重新粉刷園區正門旁的紀念照立牌，就是在立牌的幾個地方挖洞，讓遊客露臉拍照的玩意兒。我真心懷疑哪有人會對褪色的木板立牌感興趣，不過還是答應幫忙，因為我是全宇宙最貼心的女兒。

我能理解他想重新上漆的心情，立牌上的顏料風化到幾乎看不出原樣，其中一處看起來就像是你從一對隆起的胸部之間探頭，這完全不符合我們希望打造的闔家同樂形象。

爸爸放了張椅子讓我坐著塗顏色。我的上色技巧不算頂尖，不過大片的簡單圖案還做得來。要是叫我幫你畫肖像畫，除非你能接受火柴人等級的畫功。

就在我努力把胸部變回附帶球狀仙人掌的小山丘時，我看到康諾走過連接停車場跟園區的小橋。橋下是排水溝，斯科茲戴爾市北部到處都找得到這種像是枯乾河床的水溝，一旦下起雨，城市裡就不會淹水淹得太嚴重。

康諾不需要通過售票亭之類的關卡，因為入園完全免費，所有的收入都來自我們的「遊樂設施」。噗哈，好個遊樂設施。

「嗨，康諾。」他走上前，一路上吠了幾次。我向他打招呼。「你來了。」

「嗨，艾玟。」他東張西望，雙手交握。「這裡人不多呢。」

「喔，這裡總是一片死寂。」

康諾看起來鬆了一口氣。

正在重畫牛仔手中槍枝的爸爸抬起頭。我還以為那是海參，不過，手槍確實合理多了，牛仔幹麼拿海參指著入園的遊客？在沙漠中央的牛仔要從哪裡弄來海參？

「艾玟，這位是？」

「爸爸，他是康諾。我們在學校認識的。」

爸爸跟康諾握手，「康諾，很高興認識你。」

「介意我去休息一下嗎？」我問。

他看看我目前的進度，「看起來已經很不像胸部了，你可以去做自己的事啦。」

我把油漆刷還給他，穿回鞋子，跟康諾一起沿著中央大街漫步。

康諾突然笑了聲，「你住在這裡真的是太神奇了。」

我對他的評論用力皺眉。「你想玩什麼？」

「喔，沒什麼。」他說：「我媽週末要上班，我打電動打膩了，想說走過來看看你在不在。」

知道他來這裡就是為了找我，感覺真不錯（而且，他說過他不喜歡出門）。「我喜歡打電動。」

他一臉訝異。「是嗎？」

「對，」他驚訝的表情讓我不爽，「我當然能打。我相信不管什麼遊戲都可以把你電爆。」

「你在挑釁我嗎？我在家裡基本上都在打電動，已經是職業級的高手啦。」

「到時候就知道了。你媽媽週末都要上班嗎？」

他聳聳肩，「對，她總是在工作。她有兩份工作。」他再次聳肩，我發覺聳肩也是抽動的一種，真想知道他有多少種抽動模式。

「你媽媽是做什麼的啊？」我問。

「她是急診室護理師。」

「好酷喔。」

「可能吧。」康諾說：「只是我幾乎看不到她。」

「真遺憾。」不知道還能說什麼，於是我走到冰淇淋店門口，坐進一張搖椅，康諾在我隔壁坐下。我努力思考別的話題。「我媽昨天帶我去一間超酷的樂器博物館。你有沒有去過？」

康諾搖頭，「我很少出門。」

「你會彈什麼樂器嗎？」

他再次搖頭，吠了一聲。「不會。」

我等他反問我會不會，但他沒有，我猜他是預設我什麼都不會。「我會喔。」我並不是故意要那麼厚臉皮。

他又被我嚇了一跳，廢話。我會做的事情為什麼總是讓大家嚇到吃手手？要是我說我可以自己呼吸，或是吃飯，或是用馬桶上廁所，相信大家也會一臉吃驚。

「你會什麼樂器？」他問。

「吉他。」

「用腳嗎？」

「沒有，我都用肚臍彈。」

康諾瞪大眼睛，接著抿脣勾起嘴角。「你又在開玩笑了吧？」

「嗯。我用腳彈吉他，不是肚臍。」

「讚欸！」他搖搖椅子，迅速眨眼，然後一臉佩服的說：「找時間彈給我聽？我想看你怎麼用腳彈吉他。」

我在搖椅上扭了扭。「呃，好啊。」我還沒說我都自己寫歌、自彈自唱呢！

到了五年級，我意識到如果想把別人嚇得半死，比起編造我如何失去手臂的恐怖故事，寫歌的效果更上一層樓。之後我寫了幾首歌，大部分歌詞都滿爛的，比如說「拿冰錐戳自己耳朵」之類的。我馬上想到那首寫我如何學會自己穿內衣的歌，還是有兩三首值得一唱，但我只在爸媽面前表演過。

「你跟你爸爸常見面嗎？」

他表情變得凝重，我馬上就後悔問了這個問題。

「不常。」

「真可惜。」我在他身旁搖晃椅子。

「以前他跟媽媽總是為了我吵架。」他望向中央大街，「他不懂我為什麼不能憋住那些抽動。每次都把他惹毛。他總是對我說：『康諾，你為什麼不能抵抗它呢？看看你讓我們多難過。給我停下來！』我的治療很貴，爸爸不想繼續付錢了。他要我改吃藥，停止抽動，可是那些藥讓我超不舒服。我想只要能止住我的抽動，我爸什麼都會做。當他發現根本不可能後，他無法面對，一走了之。」

「相信你爸媽之間還有其他的問題，跟你、和你的抽動完全無關。」我覺得康諾的爸爸真的是大爛人。

「他們會吵架都是因為我、我的抽動問題、我的花費。我懂他們為什麼受不了我。我很多時候也受不了我自己。真希望能忍住抽動，假裝自己是正常人。」

我不知道該說什麼，只是相信康諾對他爸媽有誤解。我無法想像有那樣的父母。

「抱歉。我也想長出手臂，假裝是正常人。」

他的嘴角稍稍勾了起來。

「我還是不太懂你為什麼不能忍住抽動。我知道你說會痛，但那是什麼原因？」

康諾想了想，「感覺就像是你突然狂咳。就是那種喉嚨癢得要命，真的很想咳嗽的時候，你可以很努力很努力憋住，可是會超級難受，最後還是要咳出來。忍住抽動就是這種感覺——就像我胸口越來越痛，痛覺爬上我的喉嚨，我必須吠叫才能紓解。或是眼睛越來越癢，直到我眨眼才能解脫。然後又會繼續累積，一次又一次，不會消失太久，那股衝動總是會不斷出現。」

「喔，真的很怪耶。為什麼會這樣啊？」

康諾聳聳肩，「我腦袋裡面可能有一點異常。」

「你可以動腦部手術嗎？」

康諾哈哈大笑。「這樣有點太過頭了。我猜有這方面的手術，不過只能用在超級嚴重、危險的患者身上。我還過得去，所以不打算動腦部手術。太可怕了。」

「是啊，我猜風險也很大。」我對他咧嘴一笑，「就算有可能，我應該也不會去移植手臂，一定有什麼很恐怖的副作用。」

康諾挑眉，「是嗎？會有什麼副作用？」

「比如說如果我移植到連續殺人魔的手臂，它們就算換了主人也還是會繼續殺人，那我該怎麼辦？又或者是移植到死透的手臂，那我豈不是要帶著兩條殭屍手臂過完這輩子？」

「死透？」

「對。或者是刺滿了裸女刺青的手臂？還是說有超嚴重的灰指甲，害得我全身上下都感染黴菌？」

「你想得很多欸。」

我嘆氣，「總要多想一想，不然機會來了怎麼辦？」我望向動物互動區，看到義大利麵從柵欄間探出變形的腦袋，不知道牠是不是在找我？

我每天都會來探望牠好幾次，用腳拍拍牠的頭，跟牠說牠有多可愛，這是為了維持牠的自尊。其他小孩子都不想摸牠，所以，我覺得有責任提高牠的自信心。

「來吧。」我從搖椅起身，「我帶你去看個東西。」

康諾跟我橫越中央大街，來到義大利麵身旁，我停下來，跟牠蹭蹭臉。「這位是義大利麵。」

康諾不閃不避，拍拍義大利麵的頭。「牠真可愛。」

「義大利麵身上有突變。」我親親牠的腦袋，「跟我一樣。」

「你不該這樣說你自己。」康諾認真的看著我，語氣活像是我爸。

「不是那種噁心的突變啦。」我說：「我們是《X戰警》那種超酷的變種人。」

康諾笑了笑。「喔，這樣就好。」

我們離開義大利麵的欄舍，走回冰淇淋店。亨利走出店外，「艾玟，我剛才看到你在外面。」

「嗨，亨利。這是我朋友康諾。」當我說出「我朋友」這三個字時，胸口頓時充滿了溫暖的氣泡。

亨利對康諾微笑，轉頭看我。「你準備好下一趟騎馬秀了嗎？」

我瞄了康諾一眼，「我沒有要表演騎馬啊。」

亨利笑出聲來，「總有一天！少了艾玟，騎馬秀有什麼好看的！對了，幫我向喬打個招呼。」他轉頭進屋。

「我又不認識喬！」我對亨利高喊，「你認識喬嗎？」

亨利又笑了幾聲，像我說我對狼蛛一無所知時一樣擺擺手。「你真愛說笑。」說完，他鑽回店裡。

「真怪。」康諾說：「喬是誰？」

「不知道。」我說，「園區老闆的名字是喬．卡瓦納，可是我猜沒有人見過他或是知道他任何事情。會計師跟我爸媽說他從沒進過園區。」我靠向他，壓低嗓音。「聽好了，卡瓦納一家的照片也從博物館撤掉了。」

「太奇怪了吧！真想知道是怎麼一回事。」

「我也不知道。後面有一間破倉庫，釘了七塊**禁止進入**的牌子，門壞了，不過上了鎖。我打不開門，不過，你說不定可以。你想試試看嗎？」

康諾興奮的點點頭。「好啊，我們走。」

我帶他沿著那條小徑來到破木屋。它看起來即將崩塌，跟園區裡其他幾棟屋子差不多。「有沒有看到那些標語？」

「酷欸！裡面到底放了什麼啊？」

經過幾次費勁的拉扯，康諾總算把門開到我們能鑽進去的程度。我的鼻子被門板稍稍擦破，希望沒有木刺戳進臉頰。拔木刺一點都不好玩。

康諾跟我環顧滿屋的紙箱、成堆的垃圾和滿架的舊書廢紙。「要從哪裡開始？」

我問。

我抬起頭，看到舊書架頂上的紙箱，側邊的標示已經褪色，被溼氣暈開，但勉強看得出三個字母：A、V、被暈得看不清楚的區塊、N。「先看上面那個箱子。」我對康諾說。

他抬起頭，唸出字母：「A、V、N。」我們沉默一會，直到康諾的吠叫把我嚇了一跳。「艾玟（Avan）！」他大叫。

我哼了聲。「怎麼可能是艾玟？」我想了想，「卡瓦納（Cavana）！」

「喔，對。」康諾往自己的額頭一拍，「我在耍什麼蠢。」他盯著箱子好一會。

「要怎麼弄下來？」

我看看四周，尋找梯子之類的工具。「我用頭撞一撞，看能不能撞下來。」

康諾笑了。「如果能找東西讓我墊腳，我應該可以搬下來。」

我們在角落找到一張蓋滿舊文件的小桌子。康諾移開紙張，把桌子拖到書架旁，他爬上去，抱下紙箱，放在桌上打開來。「這個箱子很有歷史。」他抽出一本像是反覆泡水又陰乾的書。雖然幾乎面目全非，但還是看得出封面印著毛茸茸的巨大狼蛛。

「又是狼蛛。」我喃喃唸著，細細打量封面。

「狼蛛怎麼了？」康諾問。

「這裡有人超級愛這東西。冰淇淋店裡面有一堆狼蛛的照片，博物館裡也放了狼蛛標本。」

康諾又抽出一本書，這次是素描本。翻過紙張時，紙頁發出清脆的破裂聲。「小心點。」看著一頁紙張邊角裂開，我開口提醒。我們研究那些素描，有幾張馬匹跟驛馬道的圖，當然了，還有狼蛛，也有一張圖畫著鑲了藍綠色寶石的項鍊。

康諾指著圖片角落的日期——一九七三年。「有人在四十多年前畫了這幅畫。」

我們把整個紙箱翻了一輪，找到幾個馬兒擺飾、一支舊梳子，以及類似水族箱的玻璃缸。「這裡放個水族箱是要幹麼？」我問。

他搖搖頭。「可能是用來養別的東西。」

我用腳趾頭小心的翻開脆弱的素描本，停在一幅狼蛛的素描上。這張畫栩栩如生，這個人花了大把時間畫出牠八條腿上的每一根細小絨毛。這個人肯定對這些巨大蜘蛛抱持著極大的興趣。「我覺得你說得對。」

第十一章

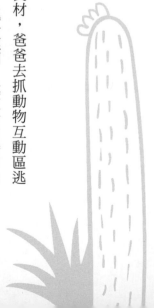

隔天放學後，媽媽到外頭檢查貨運送來的牛排館食材，爸爸去抓動物互動區逃脫的雞隻，這時有人敲響公寓房門。我放下電子閱讀器，起身應門。我在看的新書是《星星女孩》，選這本書有兩個理由：第一，故事背景在亞利桑那州的沙漠，我正在盡一切努力認識新環境，或許看一個發生在此地的有趣故事可以給我不同的體會。第二，故事的主角是個跟其他人處不來的女生。她擁有自己獨特的性格，不在意其他人怎麼想。真希望我也能跟她一樣。

還沒開門就先聽到吠叫聲，說明了訪客的身分。跟康諾一起下樓時，我問他在學校過得如何。

「還好。兩個同學對我吠叫，超尷尬的，因為只要他們這麼做，我也會吠回去。」

我皺眉，「要是我在現場，絕對會給他們好看。」我沒在開玩笑，怎麼能容忍如此不公不義的惡行呢？只要我學會雙節棍……

「那你今天過得如何？」康諾打斷我的小小白日夢，「沒在圖書館見到你。」

我不想跟他說我在廁所吃午餐。「沒事。我沒去圖書館是因為我媽不希望我沒吃午餐，會讓我整個人怪怪的。」我認真的看著他，「低血糖的影響吧。」

他笑了笑。「真可惜我們沒有選到同一堂課。或許之後你吃完午餐可以來圖書館一下，幾分鐘也好。」

「好啊。嘿，你要來點冰淇淋嗎？」他還來不及回答，我已經踏上冰淇淋店門口的階梯。

我等他幫我開門——我不是沒辦法用下巴跟肩膀開門，只是想給他個機會展現紳士風範。但他卻臭著一張臉說：「我不想吃冰。」

「你怎麼能拒絕免費冰淇淋呢？」說著，我走向櫃臺。「你不知道我是這裡的VIP嗎？我能弄到免費冰淇淋、免費生菜沙拉、免費送人坐牢，想挖多少假金礦就挖多少。」

我跟亨利說我要兩球杯裝薄荷脆片口味。趁他挖冰的時候，我問他：「嘿，你提到的騎馬秀是怎麼一回事？驛馬道上回表演騎馬秀是什麼時候？」騎馬場看起來已經有一百年沒人表演過了。

我看著亨利，但他只是愣愣的盯著我的身體，張著嘴巴，融化的冰淇淋從他手中的挖冰勺邊緣滴落。

「怎麼了？」我問。

「你的手怎麼了？」他看起來超級擔心。

康諾跟我互看一眼。「亨利，你知道我本來就沒有手。」

「喔，你以前有啊！」他高聲宣告，困惑的盯著我手臂應該在的地方。「是在騎馬的時候出了意外嗎？」

「什麼？」

「對。」他的語氣清晰了些，「你騎馬的時候出意外，對吧？一定是這樣的。」

「不是啦，亨利。才沒有那種事。」最好是會有馬把我的手踩斷，乾乾淨淨的不留半點殘渣。

亨利的表情稍微清醒過來，他望向康諾。「小伙子，你要什麼？」

「他就不用了。他正在嚴格控制飲食，包括空氣在內。」

亨利繼續幫我挖冰淇淋，康諾對我小聲說：「太奇怪了吧？」

「我知道。」我小聲回答。

亨利把一球巧克力冰淇淋放在櫃臺上（可惡，我永遠吃不到薄荷脆片），康諾幫我端到店外，我們坐在門口的搖椅上，我用腳趾頭夾著湯匙吃冰。康諾對幾名路過的遊客吠叫，他們訝異的看了他幾眼，再看到我時表情就更訝異了。

「真討厭被人盯著看。」他低喃。

「我也是。」

康諾的注意力轉向我。「跟你說，你真的很厲害。」

「哪裡厲害？」

「像這樣吃冰淇淋。」

「哇，有多少人能因為超會吃冰淇淋而得到讚美呢？應該是十三年來的努力練習才讓我有這樣的成就吧！」

「這是很高超的技術啊。」

「如果有必要，誰都做得到。」

康諾聳聳肩。「你想這到底是怎麼一回事？」

「不知道，亨利的腦袋總是不太清楚。」

康諾跟我聽見尖銳的咻咻聲，轉頭隔著冰淇淋店的窗戶往裡看，亨利正在拿擠鮮奶油的噴霧瓶擦玻璃，他隔著那片奶油痕跡對我們揮揮手。康諾揮手回應。「他是怎麼了？」

「我媽說他失智了，所以才會這樣迷糊又健忘，而且他已經超老了。」

「你想他知道卡瓦納一家的事情嗎？」

「他從好久好久以前就在這裡工作了，所以，如果有人知道他們的事，那八成就是他。但他好像完全聽不懂我想問什麼。」我看著亨利對著玻璃怒目而視，雙手抱在胸前，臉上寫著這該死的玻璃清潔劑怎麼沒用？我對他微笑，他的臉一亮，離開原處，顯然已經沒把糊了奶油的窗戶放在心上。

「你覺得卡瓦納一家為什麼會如此神祕兮兮的？」康諾問。

「不知道。」我想了想，「說不定他們是藏匿在這裡的通緝犯。」

「或者是超級名人。」

「對！說不定他們是哪個男團的知名成員，不想被人知道他們同時也在經營西部主題樂園，就怕他們超酷的流行巨星形象毀於一旦。」我腦中的故事齒輪轉了起來。「還是說……他們是逃跑的騎馬秀小丑，掌管小丑的黑手黨要把他們抓回去。」

康諾笑出聲來。「為什麼要抓他們？」

「說不定，他們開錯了玩笑。比如說拿水槍對著哪個大人物的臉發射，或是用海綿榔頭敲中誰的腦袋，而對方覺得一點都不好笑。那個人要來復仇了。」我得承認，這套理論還蠻合理的。

「說不定對方已經完成復仇計畫。」康諾說：「說不定卡瓦納一家已經死了。」他認真的表情讓我雙腿冒出雞皮疙瘩，響亮的嗶嗶聲把我嚇了一跳，我望向中央大街，看到一輛大卡車朝牛排館倒車，媽媽拿著寫字板走出來。

我轉向康諾。「你有沒有惡作劇過？」我努力讓氣氛輕鬆一點。

他聳聳肩。「兩三年前，我跟朋友曾經拿捲筒衛生紙蓋滿某個老師家。」他臉一皺，「那時候惹上不少麻煩。你呢？」

「喔，沒什麼啦，不過，我曾經開過史上最讚的玩笑。」

「你幹了什麼好事？」康諾一臉期待。

「四年級的時候，某天我們得知老師要去參加葬禮，那天會有一個代課老師。於是，我最要好的朋友艾蜜莉拆了她媽媽的假人模型手臂來學校。」

「她哪來的假人？」

「她是裁縫之類的，應該是用假人來展示她的衣服然後拍照吧。總而言之，艾蜜莉把假手臂藏在背包裡帶來學校，那雙手很長，從背包開口露出來。」

康諾哈哈大笑。「就像是殭屍手臂。」

「對，簡直就是電影《活死人之夜》的場景。好啦，一進教室，我們的祕密行動就此展開。艾蜜莉跟另外一個朋友馬修，幫我把手臂塞進長袖襯衫的袖子裡，可是假手的上臂太粗了，擠不進去，所以我們想到超棒的點子，改從領口插入假手。假手比我的袖子長太多了，從衣服下襬伸出來，我幾乎就像是個手長過膝的怪胎。都做到這一步了，我們決定演到最後。馬修握著假手的手掌，舉起我的假手臂。當代課老師叫我們回自己座位時，我大叫：『馬修，放開我的手！』然後，他用力一拉兩條假手。原本是打算讓他扯掉我的手臂，得意的高高舉起來，像是野蠻人一樣吼叫。」

「酷欸！」

「對啊。原本應該是這樣的。但我們愚蠢的四年級腦袋，完全沒想到既然手臂插不進我的袖子，它們也不會乖乖的被拉出來。假手就這樣卡在一半，馬修扯了又扯，但假手就是不肯離開我的袖子。」

「然後呢？」

「既然假手沒有掉出來，我們的計畫完全失敗，我只好大聲慘叫：『喔不！我的手！你要把我的手扯掉了！現在我感覺得到我的手臂要離開肩膀了！喔，老天！我可憐的手！』」

「全班笑到不行，代課老師狠狠瞪著我們。馬修放棄了，回到他的位置。我也乖乖走回去。我的袖子垂下來，那兩條假手就這麼拖在地上，所以，我坐下前還得避開它們。」

康諾遮住嘴巴。「喔不。你們有惹上麻煩嗎？」

「沒有。代課老師人超好的，她沒向校長通報，也沒有多做文章，不過她叫我要在午休時間前，一直拖著那兩條假手。」

康諾笑了，「你那時候的樣子一定很蠢。」

「真的。」

「不知道這算不算是史上最讚的玩笑。」

「是啦，只是失敗了。」

「史詩級的失敗。」

我低頭看著被熱氣融成糖水的冰淇淋，完全提不起胃口，我想吃的其實是薄荷脆片。「剩下的給你吃？」

康諾搖搖頭。

我的注意力轉回牛排館。「跟你說，槍戰秀再一個小時就開始了。」我自顧自的露出壞心眼的笑容。如果我有手，一定會以手指敲敲下巴，擺出邪惡的姿勢。

康諾疑惑的看了我一眼，「所以？」

我放下冰淇淋碗，跳下搖椅。「跟我來。」

康諾跟我來到牛排館，媽媽總算清點完貨物，卡車也開走了。我們從後門溜進去，鑽進廚房，廚師、打雜工、服務生忙得天翻地覆，為晚餐時段做準備。我們悄悄站在巨大的商用冰箱後頭。

我們作嘔的看著一名打雜工徒手攪拌一大桶生菜絲，幾乎連肩膀都要塞進去了。他身穿無袖背心，沙拉醬就從他的腋毛滴落。康諾發出悶悶的笑聲。我說：「提醒我絕對別吃這裡的沙拉。」

康諾咯咯輕笑，吠了一聲。「應該要幫他的腋毛套上迷你浴帽。」

「你們在這裡搞什麼？」怒吼聲在我們背後響起。我猛然轉身，發現喬瑟芬就站在那裡，手臂抱在胸前。我們搬進驛馬道那天，喬瑟芬已經向我介紹過她的身分了。她十幾歲時從德州搬來亞利桑那州，之後就一直在園區工作。

她目前負責端菜、招待客人，替牛排館做各式各樣的工作。在我眼中，牛排館根本是掌握在她手中。她應該有八十歲了吧，但還是扛得動放了十二碗燉牛仔豆的巨大托盤。

我腦袋迅速運轉。「我們……那個，媽媽剛才……呃，叫我來拿兩片晚餐用的牛排。」

打從我們第一次見面起，喬瑟芬總是以古怪的眼神凝視我。有時候在牛排館裡，我會逮到她從另一頭盯著我。我已經習慣被人盯著看，但她的眼神就是不一樣。

「喔，她剛剛才進來過。」喬瑟芬抓抓她剪得很短的紅髮，顯然是染出來的，八十歲的人不可能有這種顏色的頭髮。「怎麼沒有直接拿呢？」

我聳聳肩，「她忘了吧。」

「好吧。你自己拿，別擋路。晚餐時段就要開始了。」她撞開通往用餐區的彈簧門，像是正在執行一件嚴肅的任務似的。

康諾打開商用冰箱，拎出兩片切得薄薄的牛排。接著在調理臺的抽屜裡瘋狂翻找，挖出一些料理用的棉線跟剪刀。我們上樓回到公寓，幸好家裡沒人，媽媽一定又去處理別的工作或是危機了，感覺這裡的事情總是沒完沒了。

肉片又軟又滑，康諾好不容易在兩片肉上挖出洞，再用棉線綁緊，接著穿過我的袖子跟領子，綁在我的T恤袖子上。我在肩上披了件小外套，跟他下樓到大街上看槍戰，路旁已經聚集了一小群觀眾。

「別這麼緊張。」我發現康諾的抽動頻率提高了。

「這裡人太多了。」

最好是，我們旁邊也才四個人。

才等了一分鐘，幾名牛仔速速現身，對彼此叫囂。我腳尖輕輕敲地，看著他們演出千篇一律的戲碼。接著，高潮終於來臨，穿藍色襯衫的牛仔（同時也是牛排館的服務生）舉槍指著穿皮褲的牛仔（他也是紀念品店的店員），大叫：「看我一槍斃了你，到時候看誰還笑得出來！」

我站在皮褲牛仔背後。藍襯衫牛仔第一槍總是打不中，但今天他終於可以嘗到彈無虛發的滋味。嘿嘿。

藍襯衫牛仔一開槍，我馬上高聲慘叫，誇張的抖掉外套。康諾在一旁掩嘴偷笑。旁邊兩個小孩驚恐尖叫，他們的父母警戒的東張西望，花了一秒鐘時間搞清楚狀況。有什麼好怕的？綁在我T恤上的顯然是兩塊肉排，不是被射爛的手臂。

兩名牛仔槍戰進行到一半，僵在原地瞪著我看——可能是一時想不透我哪來的手。小鬼頭不斷號啕大哭，抱住爸媽的腿，就怕下一個少了手臂的人是他們。槍戰亂了套，觀眾各自散往園區各處，兩名牛仔狠狠瞪著我。

康諾幫我披上外套，我對他們怯生生的微笑。「抱歉，我不是有意要搞砸你們的表演。」

隔天早上，牛仔們向爸爸告狀。我們一家三口圍著小餐桌吃牛奶穀片，爸媽訓了我一頓。「艾玟，我們的目標是替園區招到更多客人。」爸爸誇張的比手畫腳，「不是把他們嚇跑。」他兩手一攤。

我乖乖點頭。「不會有下一次。」

他滿意的點頭，推開穀片碗，站起來親親我的頭頂。「小巴巴，祝你今天在學校一切順利。」

爸爸出門後，媽媽看著我，嘟起嘴。她往嘴裡塞了一口穀片，咬了幾下。「這次真的很了不起。」

「真的。」我說。我們默默吃完早餐，努力板著臉，卻壓抑不住笑聲。

第十二章

看康諾常常跟我膩在一起，爸媽要我邀請他放學後來吃晚餐。

那天的午休時間，我跟平常一樣進廁所洗腳，盯著廁間的門，卻遲遲沒有走進去。我太開心了，等不及要見到康諾，邀請他來吃飯。我不想被廁所便當毀了我的好心情。

於是，我直接去圖書館找康諾，同樣選了安靜的遠路，轉彎時差點被同一個男生絆倒。「天啊，真是抱歉。」下次我一定要記得從他身上跳過去。

「沒關係。」他輕聲回應，沒有抬頭。我往前走了幾步，又回頭瞄了一眼。他垂眼望著身旁的三明治跟葡萄。不知道他為什麼要自己一個人坐在炎熱的室外吃飯。他看起來可憐又孤單，相信我縮在廁所吃午餐的模樣也是如此。

我怎麼有辦法拋下他，把他當成透明人看待？當成毫無知覺的路障？我回到他身旁，他抬頭看我，潛艇三明治送到嘴邊，汗水沿著他棕色的臉頰流淌而下。

「介意我坐下嗎？」我問。

他往四周張望，彷彿以為我在跟牆壁或是燈柱說話。然後他重新看著我，聳聳肩，「好啊。」

我把書包放到地上，從背帶裡鑽出來，一屁股坐下。他看我小心翼翼的用腳趾打開包包，抽出我的午餐。我在面前鋪了塊紙巾，取出我的奇多、蘋果切片、堅果棒、花生醬三明治，排在紙巾上。「你叫什麼名字？」我一邊問著，一邊用腳趾頭撕開奇多的袋口。

他沒有報上名字，而是說：「酷欸，你怎麼做到的？」

「多多練習嘍。我是艾玟。」

他興致勃勃的看著我拿出一條奇多，丟進嘴裡。「錫安。」

「《聖經》裡的那個嗎？」

「不是，是《駭客任務》中的那個。」

「是喔。」我把奇多咬碎，「那是什麼？」

他下巴掉了。「你認真的嗎？那是我爸媽最愛的電影。他們超愛科幻題材，說我出生的時候光著頭的神奇模樣就像是莫菲斯。」他皺起眉頭，「可是他們不准我看那部片，因為它是限制級。」

「喔，那我也不可能看過啊，白痴喔。這個叫莫菲斯的傢伙聽起來很有意思。」

錫安翻翻白眼。「我爸媽超宅的。給我哥取名叫藍道，就是藍道・卡瑞辛的藍道。你知道那是誰嗎？」

「開什麼玩笑！我當然看過《星際大戰》！」

錫安笑了。「那我爸媽一定會很高興。」

我遞了一條奇多給他（當然是用腳），他自然的接過。

「錫安，可以問你一些事嗎？」

「嗯哼。」他咬爛嘴裡的奇多。

「你為什麼要自己在路旁吃飯？」

他慢條斯理的拿起一盒果汁，吸了一大口說：「外面很安靜。」

我歪歪腦袋，對他挑眉。「只有這個原因嗎？」

他凝視地面，沒有回答。

「沒關係啦，我都自己在廁所裡吃午餐。」

他訝異的看著我。「我不想讓其他人看我吃飯。大家都喜歡看胖子吃東西，等著看他能往嘴裡塞多少東西。」

「你又沒有那麼胖。」我被自己說出口的話刺得皺起臉。我真的想說些好聽話，但實際上效果沒那麼好。

「沒關係啦，我知道我很胖。」

「喔，我覺得你看起來很不錯啊。」

錫安遞給我一顆葡萄，我用腳接過，丟進嘴裡。「那你為什麼要在廁所吃飯？」

我吞下葡萄。「我也不想讓其他人看著我吃飯。」

「為什麼？」

「他們會覺得我很噁。」

「不會啦。」

「一定會。」

「你怎麼知道？」

「就是知道。有一次，我跟爸媽去給小孩子逛的博物館，坐下來玩桌上的黏土。

當然是用腳玩。然後同桌的人都瞪著我。」

「看起來一定很有趣。」

「然後有一個小孩大叫：『好噁！她把腳放在黏土上面！』」

「小孩子都是白痴。」

「然後他媽媽看著我媽，說：『你可不可以阻止你女兒用腳碰黏土？』」

「什麼鬼。」錫安低喃，「你媽媽怎麼說？」

我微微一笑，「她說她會叫我用屁股玩。」

錫安抱著肚子大笑。「喔，太經典了。」

我又吃了一條奇多。「在那件事之前，我從沒意識到大家覺得腳很髒，之後沒多久我就進了幼兒園。你知道對於沒有手的五歲小孩而言，上幼兒園的第一天是什麼感覺嗎？」

錫安咧嘴而笑。「應該會比胖嘟嘟的五歲小孩難受一些吧。」

「可能吧。其他小朋友問我一堆怪問題。」我裝出尖銳的娃娃音：「『你的手是被人切掉的嗎？你沒有手指要怎麼畫畫？你沒有手要怎麼用剪刀？你要怎麼跑接力賽？

搔你胳肢窩會癢嗎？你吃完飯要怎麼擦嘴？』」

那些小鬼問的其實是：「你都怎麼擦屁股？」但我不打算跟錫安說。不，我也不會跟你們說，隨便你們怎麼想。

「超煩的。」我說。

「真的。他們都問我『你是不是吃掉摩天大樓？』、『你有沒有比我爸重？』之類的問題。」

我狠狠皺眉，難怪錫安對他的體重如此介意。「真是遺憾。有時候在學校真的很不好過，對吧？」

「是啊。所以你可以用腳做到大家都做得到的事情嗎？」

「幾乎都做得到，當然會比較難。比如說那種活動手腳的兒歌，唱到『舉起右手』的時候，我只能像個櫥窗假人一樣站著。搶旗子的橄欖球簡直是惡夢。你想像一下：一邊跑步還要一邊用腳搶下別人的旗子，是不是有點難？」

「嗯，我完全可以想像有多混亂。」

「我真正擅長的運動只有足球。」

「你打算試試看春季的足球隊徵選嗎？」

「我……呃，還不知道。我以前在堪薩斯州有踢球。可是你知道的，那時候我有很多朋友，大家上同一所學校。但現在在這裡，我幾乎不認識半個人。」

「你認識我啊。」錫安說。

我笑了笑，又遞給錫安一條奇多。「介意我有時候來這裡跟你一起吃午餐嗎？」

他笑得無比燦爛。「好啊。」

那天，錫安跟我躲在辦公室另一頭其他人看不到的地方，一起吃完午餐。

第十三章

那天放學後，在回家的公車上，我總算逮到機會邀請坐在隔壁的康諾來我家吃飯。原本由媽媽開車接送我上下學，後來發現我們搭同一路公車，既然公車站牌跟驛馬道只隔了一條街，我看不出她何必要如此大費周章。我知道她在園區裡忙得團團轉，不希望她在最忙碌的時刻還要放下手邊的一切出來接我。

「你媽今晚也要上班嗎？」我問。

「嗯，她要到明天清晨才會回家。」

「那你就來我家的主題樂園吃晚餐吧。我爸媽想見見你。我知道你有見過我爸一眼，但他們想要……該怎麼說呢……正式一點？」我湊近一些，輕聲說：「特別是在牛排事件之後。」

康諾板起臉。「我可以待到晚餐前，可是之後就要回家了。」

我往後一靠，挺直背脊。「為什麼？既然你媽媽整晚都要上班，你留下來有什麼關係？」

他聳聳肩，迅速眨眼。「呃，可能可以吧。到時候看狀況。」

「再說吧。」我從沒看過康諾吃午餐，他也不陪我吃冰淇淋，現在又不想到我家吃晚餐。我開始猜想他是不是想把自己餓死，決定改變話題。「我一直在想你前天說的話，說不定有人解決了卡瓦納一家。」解決這兩個字我說得特別小聲，生怕被別人聽見我們的對話。

康諾對我眨眨眼。「是喔？」

我點頭，「對。我在想我們應該要開始思考驛馬道園區裡有個殺人凶手的可能性。」提到殺人凶手時，我又壓低音量，討論這種事情再怎麼小心都不為過。

「是誰？」康諾小聲問。

「誰都有可能。金礦的負責人，我們都叫他壞胚子鮑伯，因為他超壞，說不定是他幹的。或者是面試我爸媽的人——會計師蓋瑞，說不定凶手就是他。」

「為什麼？」

「得到園區的經營權。」

「他為什麼會想得到這個園區？」

「為了錢啊。」我自顧自的點點頭，「總是為了錢。」

「你覺得這個園區能賺到多少錢？」

老實說，我覺得驛馬道只會賠錢。「好吧，可能不是為了錢。」我瞇細雙眼，「復仇。」

「為了什麼復仇？」

「不知道，還不知道。總之我要自己解開這個世紀謎團。」我得意宣布，「先生，若你有意協助，可以擔任我的助手。」

「好啊。」康諾對我的熱情或是怪裡怪氣的英國腔沒什麼興趣。在我心目中，偉大的偵探講話總是帶著英國腔。

「我們該從那間破倉庫開始。」我說。

「可是，裡面只有幾乎看不清楚的舊文件、破道具跟垃圾。」

「對，可是說不定裡面還藏了什麼東西，不然幹麼放那些警告標語？」

康諾點點頭。「也是啦。」

我的腳尖在公車地板上輕輕敲打。「我還沒遇過如此刺激的謎團。喔，除了某天早上醒來，發現我從頭髮到身體，還有整個床鋪都沾滿巧克力以外。」

「怎麼會？」

「一顆水滴巧克力從背包掉到我床上，我整夜在上頭打滾，才導致這樣的後果。你相信嗎？才一顆巧克力欸！」

康諾對我的巧克力故事無動於衷。「說不定你該問問蜜朵夫人，靈媒不是對這種事情瞭若指掌嗎？他們不是會跟死人之類的溝通嗎？」

「她只會看手相。」我說：「顯然對我沒有太大的幫助。」

康諾笑了笑。「請別擔心！」他豎起食指，「我們必定能解開這個神祕至極的謎團。」

我很高興聽他說著同樣蹩腳的英國腔。

第十四章

康諾跟我到家時，爸媽不在公寓裡。「要吃一些點心嗎？」我們鑽進小廚房時，我順口問了句。

「不了，謝謝。我不太餓。」

「你連午餐都沒吃，怎麼可能不會餓呢？」

「就是不餓。」

「好吧。」我用腳打開低處的櫃子，抽出一包蝴蝶餅。「要喝汽水嗎？」

「不用。」

我嘆息，希望他不會死於脫水，外頭氣溫可是高達三十三度呢。

我們來到小小的起居室，康諾看到我放在角落的吉他。「那是你的吉他嗎？」

「對。」我用腳打開電視櫃。

「可以彈給我聽嗎？我好想看你用腳彈吉他。」

「改天吧，我最近沒怎麼練習。」這只是一半的理由。我覺得有點難為情，好像

需要好好準備才能表演給他聽——前提是真的會表演給他聽。我還沒下定決心。

「說好嘍？」

「改天再彈給你聽，現在還不行。」

康諾的注意力轉到櫃子裡的整排電玩遊戲片，大拇指滑過上頭的標題，說：「有幾片真的很讚耶。」

「我爸喜歡打電動，大多是他的遊戲。」

「你爸超酷！」康諾顯然對我爸的幼稚行徑深感佩服，接著抽出一片超暴力的戰爭遊戲，「來玩這片吧。」

我搖頭，「不行。這片只有我爸能玩。」

康諾皺眉，放回手中的遊戲片，又抽出一片我不准玩的遊戲。

「爸媽不准我玩封面上有警語的遊戲。」我走到櫃子旁，抽出另一片賽車遊戲說：「來玩這個。」

「好吧。」康諾誇張的大嘆一口氣，對於我們無法在血腥暴力的戰場上廝殺，深感失望。

「我比較擅長只用搖桿操作的遊戲。」我說。康諾把遊戲片放進主機。

「很好啊，我就多讓你一點，看你能不能打敗我。」

我們玩了兩個小時，康諾應該沒料到我這麼會玩。是啦，他打贏我好幾次，但我也讓他苦戰多時，甚至跑贏了兩回。我覺得我的表現有點失常，因為康諾抽動超多次，讓我無法專心。我猜抽動對他也造成阻礙。我想到他自己一個人在家裡徹夜打電動，瘋狂抽動，把閒暇時間全都花在電動上面對他來說可能不太好。

我似乎漸漸理解康諾的抽動症狀，像是在什麼情況下會惡化，什麼時候好轉。只要康諾對任何事情感受到壓力或是興奮，抽動的頻率就會提高；在他心情平靜舒坦的時候，狀況就好得多。我猜電玩會讓他太過激動。

我們要把遊戲機收起來的時候，媽媽剛好走進家門。「你絕對無法相信鮑伯幹了什麼好事。」她說著，把帽子丟到餐桌上。

我看著康諾，用陰森森的語氣悄聲說：「宰了某個人。」他咯咯輕笑。

她走進起居室，看到康諾，「你一定就是康諾。」媽媽跟他握握手。

「很高興認識你，葛林太太。」康諾輕聲打招呼，看得出他正在努力忍住抽動。

「我也是。」

康諾高聲吠叫，媽媽嚇得跳開。「喔天啊。」她笑出聲來，「真有意思。」

「康諾有妥瑞氏症。」我提醒她。

「喔，對。親愛的，別這麼緊張。」媽媽拍了拍康諾的手臂，要他安心。「這只會讓你的抽動更嚴重。」

我訝異的看著她。「媽，你知道妥瑞氏症是什麼嗎？」

她瞥了我一眼。「艾玟，我在大學主修心理，當然知道妥瑞氏症。」

「你大學主修心理？」我問：「那是什麼？」

她嘆了口氣，翻翻白眼。「心理學。你都沒聽我說話嗎？」

「沒有。」我開玩笑，「你總是在說那些無聊的舊東西。」

媽媽抓住我，用指節鑽我的太陽穴，把我的頭髮弄得一團亂。「痛死了！」我放聲慘叫，掙扎逃開。

「好啦，我要去弄晚餐了。你們兩個可不可以幫個忙，去金礦那邊叫鮑伯滾蛋？」

我勾起嘴角，但康諾卻臉色凝重。「謝謝你，葛林太太，可是我不打算留下來吃晚餐。」

「你當然會留下來。」我說：「你媽媽去上班了，不跟我們一起吃的話，你晚餐要吃什麼？」

康諾僵住了，他似乎沒料到會被問這個問題。「我會吃……牛奶穀片。」

「這可不行。」媽媽說：「你要跟我們一起吃。既然你媽媽在上班，晚餐後我會送你回家。」

康諾看起來被她的提議嚇壞了。「不用了……真的……我喜歡……穀片。」他抽動得太厲害，幾乎說不出話。

「康諾，你為什麼不吃呢？」我問，「你有厭食症嗎？」

他看起來放鬆了些，笑了一聲。「不是厭食症啦，只是……」

「怎樣？」我差點吼出聲來，「康諾，我是你的朋友。告訴我。」

「我有時候……會把東西打翻。」康諾的臉頰紅得像是要燒起來，他不斷聳肩，迅速眨眼。「我會把食物吐到別人身上。」

媽媽對康諾露出諒解的笑容。「這不是什麼新鮮事。今天晚上大家穿雨衣吃飯就好啦。」說完，她打開櫃子，挖出一袋馬鈴薯。

康諾看著我。「希望你們戴上面罩。」

我踢踢他的鞋子。「看吧？沒什麼大不了的，我們知道你沒辦法控制。」

康諾的表情變了。「真希望我爸媽跟你爸媽一樣了解我。在家裡，他們都不想跟我一起吃飯。爸爸吼我怎麼亂吐東西，害我狀況更糟。」他扯扯頭髮，「現在我只能在房間裡自己吃飯。我媽很少回家，所以也沒差。」

「有差。」我試著同理他的心情，「真的有差。」

擺好晚餐的餐點跟餐具時，爸爸走了進來。「我想，可能要把那頭老駱馬安樂死了。」他的語氣傷感，整個人垂頭喪氣。

我猛然抬頭。「什麼？不！不能對義大利麵這麼做！」爸媽投來古怪的眼神，我聳聳肩，「我們有特殊的羈絆。」我望向康諾，輕聲的補上一句：「我們是《X戰警》。」

「親愛的，我也不想。」爸爸說：「但牠很老了，應該有二十二歲了吧。丹妮絲說牠這兩天幾乎沒吃什麼東西。還有長在牠腦袋上的那個東西。喔，一定讓牠很不舒服。」

「我會照顧到牠好起來。」我無比堅持。

「牠都這把年紀了，我覺得可能性不高。」爸爸說：「好啦，晚點再來談這件事。獸醫明天會來，我們看看牠接下來幾天狀況如何。」

大家圍著餐桌坐下來時，我毫無胃口，一直想著吃不下飯的義大利麵。我看著康諾，感覺得出來他在猶豫要不要咬下眼前的骰子豬排。

「康諾，沒關係的。」爸爸說：「我們都準備好啦。」爸爸將放在大腿上的滑雪護目鏡戴起來，「別擔心。」

「大衛！」媽媽大叫，揍了爸爸手臂一拳。「不要亂開玩笑。」不過，康諾笑了。看來他放鬆不少，總算吃了一口馬鈴薯泥。

「別擔心。」媽媽說：「這些食物沾到衣服也不會留下痕跡。」

我瞪著爸爸。「我們丟了那麼多東西，而你竟然把滑雪護目鏡一路帶到亞利桑那州？」

「這一組要兩千多塊錢耶！」他努力辯解，摘掉可笑的護目鏡。「好啦，康諾，你平常有什麼興趣？我是說除了跟我女兒一起開玩笑，把我們的客人嚇跑之外。」爸爸瞪了我一眼，「跟她來往真的要三思，她會把你帶壞。」

「你的鬢角超難看。」我想不出更好的反擊招數。他的鬢角很醜，兩邊還不對稱。

爸爸沒有理會我。「如何？」他的注意力回到康諾身上。

「呃，我喜歡看電影。我家裡收集了超多電影光碟。」

「喔，那這個週末要不要帶你們去看電影？」媽媽顯然對我交到新朋友這件事開心極了。

康諾一臉驚恐，縮進椅子深處，用力搖頭。「不行，不能去電影院。」

「你不喜歡去電影院嗎？」我問。

「不可能。幾年前，我的抽動剛開始發作那陣子，我只去過一次電影院，那絕對不是什麼開心的體驗。」

「怎麼了？」

「其他人會抗議。沒有人想在看電影的時候，不斷聽到狗叫聲。」

「太過分了吧。」我說：「那些人真沒禮貌。」

「不是他們沒禮貌。他們不知道我有妥瑞氏症，所以才會這麼尷尬。」

我皺皺鼻子。「你應該要穿著印了『我是妥瑞兒』的T恤到處走才對，這樣大家就不會管你了。」

康諾哼了聲。「好啊，艾玟，你可以做一件送我。」

接著，他在桌下輕輕踢了踢我的腳，悄聲問：「該跟他們說嗎？」

「跟我們說什麼？」媽媽問。

我非常、非常嚴肅的看著爸媽。「我們認為驛馬道可能發生過一起謀殺案。」

爸爸滿嘴骰子豬排，聽到後又咳又嗆，把食物咳到餐巾紙上，媽媽用力幫他拍背。等他總算緩過氣來，他驚呼：「什麼？你們為什麼會想到這種事？」

我們向爸媽說明針對卡瓦納一家命運的推論。

「艾玟，」媽媽說：「他們行蹤成謎並不代表他們遭到殺害。」

「小巴巴，我得說你們並沒有提出最可靠的證據。」爸爸說。

「有些人只是特別注重隱私。」媽媽補充。

我假裝被說服似的點點頭，但康諾跟我心照不宣的互看一眼，我們最好是會輕易把這件事拋到腦後。

接著康諾的視線在我跟爸媽之間移動一圈，「艾玟的紅頭髮是哪來的？」

「康諾，我是被爸媽領養的。」我說。

「喔，好酷。」

「超酷的！」媽媽說。

我翻翻白眼。「又來了，她超愛跟別人說我被領養的故事。」

康諾感興趣的看著媽媽，她認定這是第一千零一次說出這個故事的時機。「這個嘛，艾玟的爸爸跟我沒辦法生小孩，所以我們決定要領養一個孩子。我在網路上查了很多領養的資料，有一天，在某個網站上看到一個連結是『這些孩子需要一輩子的家』，我就點下去，一路往下滑，直到我看見這一生見過最可愛的小天使。」

「就是我，如果你還在猜是誰的話。」

「一看到她，我馬上就知道她是我女兒。」媽媽繼續說：「她圓滾滾的粉紅色臉頰跟蓬鬆的紅色頭髮真是太完美了。」

「她從來沒有見過如此珍貴、漂亮、驚人又聰明伶俐的小孩。」我說。康諾對我挑眉。「好吧，我說得太誇張了。」

「才怪。」媽媽說：「我第一眼看到她，就知道我看著的是我女兒的臉，感覺就像是她為了我而誕生。不管其他女人從哪裡生小孩，總之，那天我就是用電腦把艾玟生下來了。」

我咕噥抱怨。「媽，整個故事裡最糟的就是這個部分了。沒有必要讓康諾聽到這一段吧？」

「真的，蘿拉。」爸爸說：「糟糕到令人髮指。」

她狠狠瞪了爸爸一眼，繼續說：「好啦。總之，她的照片搭配這樣的標題：『艾玟，兩歲』。我無法相信她都兩歲了怎麼還沒被領養。」

「對，她沒發現自己點開的是有特殊需求的領養兒童網站。」我說。

「所以我點下她的照片，才發現她沒有手臂。」

「但她一點都不在意。她就是想要領養我。」

媽媽對我露出肉麻的笑容。「那天晚上我向她爸爸公布這個好消息。」

「對，她說我們未來的女兒是個可愛的紅髮小妞。喔，對了，她沒有雙手。」

「你當時怎麼想？」康諾問。

「喔，我當然是驚訝極了，不過一看到她，我馬上就認定她是我們的女兒。」爸爸也對我露出肉麻的笑容。

「帶艾玟回家前，我們做了很多研究，想給她最好的照顧。」媽媽說。「康諾，你知道世界上有很多厲害的人其實沒有手臂嗎？」

「真的嗎？」

「對。有一位成功的建築師，他跟艾玟一樣用腳趾打字，設計出摩天大樓。還有一位女士用腳畫出很美的作品，賣了很多錢。」

「還有那位勵志演說家。」爸爸在旁邊補充。

「喔，對。這些人的生活與普通人一樣，生兒育女、開車，做任何事情都不比好手好腳的人差。」

「太酷了。」康諾說。

「記得我們去找的那位老師嗎?他叫什麼來著?卡爾?」爸爸對媽媽說。

「我們透過他的網站找到他。」媽媽向康諾說明，「網站名稱是『無手教育』。我們大老遠開車到科羅拉多州去拜訪他，不過真的很值得。」

「他為我們示範他怎麼做到各種事情。」爸爸說：「他甚至載我們去超市。」

「對。」媽媽大笑，「大衛一路上都在咬指甲。」

「是我的錯嗎？」爸爸問康諾。

「總而言之，他自己買了所有的食材，用腳幫我們煮了超好吃的晚餐。我們相信艾玟未來有辦法做到這些事情，甚至比他更厲害，但當我們終於帶她回家的時候，才發現她什麼都不會做。」媽媽無奈的雙手一攤。

「她之前的寄養家庭什麼事情都幫她打點得好好的，幫她洗澡、刷牙什麼的。她只要像一條蛞蝓似的坐著不動，等待別人把她當成示巴女王來伺候。」

「示、巴、女、王。」爸爸強調似的複述，「簡稱小巴巴。」

我翻翻白眼，「於是，媽媽的工作就變成了教艾玟做東做西。」

「真的。」媽媽說：「她一來到我們家，我就在地上丟了幾罐彈珠，叫她收回罐子裡；拿小魚餅乾叫她一次拿一片自己吃；給她貼紙跟白紙，要她想辦法貼出花樣；教她自己刷牙、洗腳、抓癢。」

「仔細想想，叫我做東做西其實說不上是『教』我做事情。」
「或許吧。但重點在於跟她說只要夠努力，什麼事情都做得到。」
「對，我很快就脫離示巴女王時期了。」
「看得出來。」康諾說完，把滿嘴馬鈴薯泥吐到我臉上。

第十五章

「嗨。」過了幾天，我在康諾的置物櫃旁向他打招呼。

他轉身看著我。「嗨，義大利麵狀況如何？」

「好多了。」我盡可能的陪在牠身邊，鼓勵牠好起來，吃點乾草，甚至直接用腳餵牠吃草。我也盯著牠吃下駱馬乾糧，看來，我的辛苦有了回報。

「太好了。你知道牠為什麼叫義大利麵嗎？以駱馬來說這名字滿怪的。」

「丹妮絲說這個名字來自義大利式西部片。」

「呃，那是什麼？」

我聳肩。「不知道，可能是講牛仔吃義大利麵的電影吧。」

康諾點點頭。「超怪。」

我看到錫安從另一頭走了過來。「嗨，錫安。」我喊了一聲，他專心一志的盯著自己的腳，完全沒聽到我的聲音。「錫安！」我又叫了一次。

他抬起頭，顯然對於有人跟他說話深感訝異。我無法向他招手，只能稍微跳了幾

下。「錫安。」我邊跳邊說，他總算看到我了。

他來到我跟康諾面前，輕聲打招呼：「嗨，艾玟。」

「這位是康諾。」我向他介紹，兩個男生朝對方輕輕揮手。

「你跟我上同一堂歷史課。」錫安對康諾說：「我……呃，有聽到你。」

康諾吠了一聲，聳聳肩。「大家都聽到啦。」

「康諾得了妥瑞氏症。」我向錫安解釋：「他沒辦法控制。」

「喔，我想也是。」錫安低頭看著自己的運動鞋，又抬頭直視康諾，「抱歉。」

康諾再次聳肩。「沒關係。」

「好啦。我正要問康諾放學後要不要來我家做一些調查。」我嚴肅的看著錫安，「我家在那個叫做驛馬道的主題樂園。」

「嗯，我知道那裡。」

「喔，很好。我們想要解開消失的老闆之謎。我們認為說不定他早已……」我看看四周，悄聲說：「死於非命。」

錫安倒退一步。「聽起來真恐怖。」

康諾吠了聲。「相信我，那個地方一點都不恐怖。」

「這我可不敢確定。」我說：「今天早上我出門的時候，在一樓樓梯口看到一隻死蜥蜴。」我嘆了口氣，自顧自的點頭，「對，我認為有人想對我傳遞訊息。」

「什麼樣的訊息？」錫安問。

「別再管東管西了，不然我就放死蜥蜴在你家門口。一定是這樣的。」

康諾搖搖頭。「很難講，沙漠裡總看得到小動物的屍體。沙漠就是這樣，奪走各種生命。」

「喔，那你們應該來我家一趟，我拿死蜥蜴給你們看，然後我們可以再去倉庫找一圈線索。」

康諾甩上他的置物櫃。「我沒辦法。我媽要我在家裡等水電工，不知道為什麼熱水出不來。」

「喔，那真的很不方便。」我說。

「我也不行。」錫安說：「而且，我不太想跟謀殺案、死蜥蜴什麼的扯上關係，不知道我爸媽會不會同意。」

「只有一起謀殺案、一隻死蜥蜴！」我翻翻白眼，跺腳。「那明天呢？明天是星期六。」

「好啊。」康諾說：「我可以早點過去。」

我們一起望向錫安。「好吧。不過要是又有人送動物屍體給你，我就退出。」

「很好，我等不及啦。」

康諾、錫安跟我三個人並肩往外走的途中，我聽到有人以咳嗽聲掩飾他說出口的字眼，但是掩飾得超爛。

那個字叫做「怪胎」。

第十六章

隔天早上，我又寫了一篇網誌。

相信大部分看到我的人，第一個想法都是為我感到遺憾，我想他們一定是先想到沒有雙臂是多麼難受的事情。或許他們會想像我無助的成天讓我媽背著、抱著，而我可憐的雙親得要幫我刷牙，拿管子把食物灌進我嘴裡，換尿布什麼的。

然而，很多人沒有意識到，沒有手臂的優點有多少。真的，我現在立刻就能想出二十個：

1.不用跟人拳腳相向。這對其他人來說是天大的好處，因為只要我出手，肯定能大獲全勝。才怪，我會被打趴。

2.不會有粗糙的手肘。我媽有溼疹，我很清楚手肘皮膚粗糙有多麼難受。
3.不需要剪指甲。也不用拋光、塗指甲油、做光療。
4.不會在犯罪現場留下指紋——如果我去搶銀行的話一定很有用。
5.不會被人逮到我在挖鼻孔。這股衝動通常會被我的鞋子擋住。
6.不用跟人比腕力。
7.不用打高爾夫球。好吧，或許我能想個辦法揮舞球桿，不過，我才不幹，因為高爾夫球無聊死了。
8.不用跟人擊掌。
9.不用比出愚蠢的ＯＫ手勢。
10.會被晒傷、要塗防晒的部位少了很多。對我來說是件好事，因為我的皮膚超級白嫩。
11.踢足球的時候，不用擔心用了雙手被判犯規。我猜這是我的優勢。
12.在電影院裡不用跟人搶扶手。其實到哪裡都沒這個必要。
13.沒有腋下。沒有手臂哪來的腋下呢？我的話應該要叫做……肩下？

14. 再過幾年，等到我可以開車的時候，將會獲得皇家級的禮遇。真的，我到哪裡都會有專屬車位。沒錯，我要開真正的轎車。各位當心啦！
15. 花在珠寶飾品上的預算降低，可以省掉買戒指、手環、手錶等等東西的費用。
16. 就算老了也不會有鬆垮垮的蝴蝶袖，我曾祖母就有。希望她不會看到這篇。
17. 不用做伏地挺身。
18. 絕對不會在睡覺的時候把手壓到麻掉。我爸每天早上起來都會手麻。
19. 不會有人找我玩大拇指摔角。這樣很好，我不喜歡跟人爭。
20. 有太多的玩笑可以開。總有一天我要編出超棒的玩笑，比如說假裝我的手被電梯門夾斷之類的。太期待啦！

我盯著螢幕。這是要騙誰啊？昨天叫我怪胎的小鬼？我自己？我按下按鈕貼送網誌，刷了幾篇我之前的貼文，發現艾蜜莉回了好幾篇，大多是簡單幾個字，像是「笑死！」或是「小妞，想你喔！」有個回覆者自稱是我美術課的同學，但沒說他是誰。還有幾個人說我把他們逗笑了。這樣很好。

正在回覆艾蜜莉的回應時，有人敲了門。我讓康諾進來，一起玩電動，等錫安來會合。

又是一陣敲門聲，我跳起來開門。錫安站在門外，神情跟平時一樣羞怯，他媽媽跟在旁邊，露出我這輩子看過最燦爛的笑容。「我只是想見見錫安的新朋友。」她的語氣像是開心到快要爆炸。從她的表情來看，我猜她很少見過他的朋友。看到她的金剛狼印花背心跟紫色裙子，我想到錫安曾說他爸媽是超級阿宅。我覺得她看起來超酷的。

「嗨！」我忍住跟錫安一樣盯著自己雙腳的衝動，「我是艾玟。」我轉身望向康諾，「他是康諾。」康諾吠了一聲，繼續玩遊戲，完全忽視我們。

「我是錫安的媽媽。」她捲捲的黑髮上纏了亮晶晶的紫色髮圈，我也想要這樣鮮豔的髮圈，和成套的紫色裙子。

她深棕色的雙眼跟錫安一模一樣。「你們在玩什麼？」

「只是瑪利歐賽車啦。」我說。

她的視線在康諾跟我之間晃了一圈，一瞬間我好怕她會問能不能跟我們一起玩。幸好她只是低頭看著錫安。「小甜餅，跟你的新朋友玩得開心點。」說完，她親親他的頭頂。

「媽，你可以回去了。」錫安咕噥幾聲，語氣並不是全然的抗拒。

她燦爛的笑容轉向我。「可以的話，我幾個小時後再來。」

「沒問題。」

我關上門，錫安嘆了口氣。「還以為她會賴著不走呢。」即便她只在門口待了一分鐘左右。

「嘿，你媽那個髮圈從哪弄來的啊？」我問。

他一臉像是看到瘋子似的表情。「不知道。」

我們又比了幾圈賽車，然後我帶著兩人來到破倉庫。

康諾翻動一堆雜物，錫安跟我在角落找到一疊舊文件，試著解讀內容。康諾不時拿來幾樣東西，像是舊靴子或手帕之類的，說：「你們檢查一下。」彷彿他找到什麼線索，但其實只是垃圾。

康諾還找到一箱關於狼蛛的書籍。「酷欸。」我把腳趾伸進紙箱，翻動那些書本。「或許你們可以幫我把這個搬回公寓。」

我忙著翻閱其中一本狼蛛書的時候，錫安繼續搬開文件堆跟紙箱，最後找到一張被埋在下面的木頭辦公桌。我們三人一起打量沉重的桌子，其中一側有整排的抽屜，但全都上了鎖。「你想鑰匙會放在哪？」錫安問我。

我聳聳肩。「這張桌子大概有五十年歷史了吧，鑰匙掉在什麼地方都有可能。你有辦法撬開嗎？」

錫安搖頭。「這裡灰塵好多。」他咳了幾聲，「而且我媽很快就會回來了。」

我嘆息。「好吧，我想今天就到這裡為止。」

「等等，你們看。」康諾從書桌下抽出一把舊吉他。多年來缺乏照顧，琴身狀況很糟，弦也不見了，吉他背面被人刻上三個小小的縮寫：A.B.C.。

「你覺得這些字母代表什麼？」康諾問。

「不知道。」我用腳趾撫過刻在上頭的字母，「卡瓦納前面還有兩個字。」

第十七章

「跟你說，我們知道你不再接受治療，不過，我媽跟我在網路上查了一下，找到一個，呃……替妥瑞兒舉辦的社交活動，就在附近的醫院。」在隔週跟康諾一起走向教室的路上時，我說。

康諾停下腳步，轉頭看我。「你是說互助小組。」

「大概是。」

「我不需要參加互助小組。我很好。」

「我只是在想能認識其他跟你狀況類似的小孩，一定很棒吧？說不定可以交到新朋友。」這其實是媽媽的主意，但她認為由我提出來會比較容易接受。

康諾挑眉。「很難說。」

「我也很感興趣啊。我的朋友不多，說不定那些孩子很好相處。我想去看看能不能在一個不只有我與眾不同的地方交到新朋友。」

康諾的神情依舊狐疑。「是嗎？」

「跟你說，我查過給沒有手的小孩參加的互助小組，結果半個都沒有。至少我沒找到。我猜妥瑞氏症普遍多了。」

「百分之一。」康諾轉身繼續走向教室。

「什麼？」

「有百分之一的人，罹患妥瑞氏症。」

「看吧！我敢說很多妥瑞兒都有參加社交活動。」

「互助小組。」

「隨便啦，應該會很順利。你可以跟我一起去嗎？拜託？」我懇求。

「你原本打算自己去？」

「不行嗎？」

「呃，因為你沒有妥瑞氏症啊。」

「喔，我可以偶爾喵喵叫幾聲，不會有人知道啦。」

康諾開玩笑似的推了我一把。「好啦，我跟你去。」他翻了翻白眼，「你不用學貓叫。」

剛過七點半，媽媽陪我們進醫院，櫃臺人員引導我們穿過走廊，來到一間小會議室。媽媽答應九點在醫院門口接我們，就這樣放生我們獨自去面對聚會。

一踏進會議室，馬上就有個男孩大叫迎接：「雞奶頭！」

我訝異的看著他，他又叫了一聲，並沒有特別針對哪個人。我瞄向房裡其他孩子——五個男生跟一個女生。「怎麼都是男生？」我在康諾耳邊悄聲問。

「妥瑞氏症在男生身上比較常見。」康諾吠了一聲，跟我一起觀察環境。其他孩子對他的吠叫毫不驚慌，只是好奇的打量他。沒事。

一名漂亮的女士走進會議室，向我們介紹自己的身分。「我是安卓雅。」她跟康諾握手，「你是康諾嗎？」

康諾點點頭，吠叫、聳肩、眨眼。他似乎很緊張。

「你是康諾的朋友艾玟？」安卓雅問。

「你好。」

「兩位要不要找個位置坐下來？我們準備開始了。」看得出安卓雅也是妥瑞氏症患者，她會用手指做出突兀的數數動作，除此之外，她似乎控制得很好。不知道是她的症狀比較輕微，還是學會了如何控制，若是如此，我想幫康諾找到控制的方法。

雞奶頭男挪了個位置，讓我能坐在康諾隔壁。男生在我隔壁大叫：「雞奶頭。」然後靠過來小聲問：「你有妥瑞氏症嗎？」

我搖頭。「沒有。」

「喔。雞奶頭。我有，你可能——雞奶頭——沒注意到。」

我露齒一笑。「我還在懷疑呢。」

「我是德克斯特。」他說，「雞奶頭。」

「我是艾玟。」

「好啦。」安卓雅坐進圈子裡，「我想我們可以開始了。各位，今晚我們有兩個新朋友。」她轉向我們，「你們要不要向大家自我介紹呢？」

康諾的抽動太嚴重了，我先開口：「我是艾玟。」

「艾玟不是妥瑞兒。」安卓雅說。

「對。」我笑了聲，「你們可以想像嗎？沒有妥瑞氏症真是太遜了。」

德克斯特哈哈大笑，又叫了一聲「雞奶頭！」其他孩子也咯咯輕笑。我已經喜歡上這個新朋友了。

我對面那個毫無表情的女生以平板的語氣說：「如果你有妥瑞氏症，至少不用擔心會跟我一樣甩自己巴掌。」她才說完，馬上就往自己臉上拍了一記。

「不過，你們該看看艾玟的腳有多厲害。」康諾迅速眨眼。

「想必甩巴掌也難不倒她。」

「我想——雞奶頭——看你會用腳做什麼。」

「之後有時間，艾玟也不介意的話再說吧。」安卓雅笑著說，顯然她很享受孩子之間輕鬆的玩笑話，老實說我也是。安卓雅把注意力轉向康諾。「康諾，請介紹一下你自己。」

「我是康諾。或許你們看不出來，其實我有妥瑞氏症。」他吠叫一聲。

「歡迎兩位。」安卓雅說：「很高興認識你們。大家要不要輪流自我介紹呢？德克斯特，從你開始吧。」

「雞奶頭。我是德克斯特。相信各位看得出我喜歡說雞奶頭。雞奶頭。」

康諾直愣愣的看著德克斯特，「我想問，為什麼是『雞奶頭』？而不是別的字眼？」

「德克斯特的妥瑞氏症是更罕見的種類，叫做穢語症。」安卓雅解釋：「他會無法控制的說出一些詞彙，有的聽在旁人耳中可能不太妥當。」

康諾的注意力回到德克斯特身上。「嗯，那為什麼是雞奶頭？」

德克斯特笑著說：「有時候我會說別的——雞奶頭——語詞。如果只是雞奶頭那還好。雞奶頭。有時候我會說『烤肉』、『海盜船』、『我愛泡泡浴』之類的——雞奶頭——字眼。有時候我會大叫自己的名字，真的很尷尬。」

「曾經有一陣子我——雞奶頭——只要看到小寶寶就會說『我要打小寶寶』。太可怕了。雞奶頭。大家都帶著他們的——雞奶頭——小寶寶跑走。」德克斯特認真的看著我，「雞奶頭。我發誓我絕對不會打小寶寶。我超愛小嬰兒的。」

「我相信你。」我努力板著臉。

這時，德克斯特突然大喊：「烤雞肉三明治！」引起哄堂大笑，而他本人笑得最開心。基本上我絕對不會取笑別人不方便的地方，但我發現我們是在陪德克斯特笑，不是在取笑他。這樣很好。我想這樣能讓每個人輕鬆一些。

接著是喬許，他不斷大聲嚷嚷，再加上安卓雅說是動作性抽動的一些症狀，包括不時彎腰、彈空氣吉他等等。除此之外，他安靜得很。

那個面無表情的女生名叫蕾貝卡。我已經知道她會甩自己巴掌，甚至戴了有襯墊的手套來降低攻擊力。我到現在才知道妥瑞氏症可能會為患者本人帶來疼痛，甚至是傷害。蕾貝卡還不斷清喉嚨、咳嗽，儘管她沒有感冒什麼的。

傑克不斷翻白眼、猛搖頭，還會發出我沒聽過的奇特聲響，感覺像是他迅速吸氣，擠出尖銳的聲音。

札克里常常前後轉肩膀，他才十五歲，已經在擔心自己的關節會不會磨壞，要去動手術。

馬森會用嘴巴不斷發出放屁聲、狠狠拉扯頭髮，有時候會扯掉幾根，使得他的頭髮有點參差不齊，馬森說他有超過五十種抽動行為。我無法想像要怎麼面對這麼多無法控制的小動作。馬森的抽動大概是團體裡最讓人難堪的一個，僅次於德克斯特。所以他幾乎從不涉足公共場合——就像康諾。

安卓雅引導大家討論出門在外的感受。說得更具體一點，就是去電影院、圖書館之類的地方。不喜歡在外面看電影的人不只康諾，在場眾人都不曾好好的看過一場電影。只有蕾貝卡不太在意踏進大部分地方，因為她的聲語型抽動沒有其他人那麼大聲，只要讓人以為她得了重感冒之類的，就可以混過去，但要是頻率太高還是會引人側目。

就連如此灑脫的德克斯特也很怕拋頭露面。我想搞不好他曾經在藥妝店對著抱嬰兒的爸爸說「我要打小寶寶」，讓對方差點生氣動手之類的。要不是德克斯特的媽媽插手，情勢可能會一發不可收拾。我又想到如果他穿著說明自己狀況的T恤，或許就可以避免那些誤解。

德克斯特也罹患了強迫症，安卓雅解釋它常伴隨妥瑞氏症發生。他很難離開家，因為他會超級擔心家裡的烤箱跟爐子。在聚會中，他甚至兩度問說他可不可以打電話給媽媽，請她檢查一下。安卓雅讓他去講電話。

雖然說每個人的家長似乎都相當了解他們的症狀，也願意給予支持（好吧，除了康諾的爸媽）。但其他的親戚，比方說叔叔阿姨、祖父祖母，常會指控他們故意裝出那些古怪行徑好博取關注，就像康諾的爸爸一樣。我個人認為，要不斷演出那些行為也太累了吧，我無法想像誰會願意做這種苦差事，以及怎麼會有人想到這種招數。

在此起彼落的吠叫聲、放屁聲、叫嚷聲、尖叫聲、雞奶頭之間聽大家討論正事真的很怪，但同時也讓人異常安心。沒有人在意我少了雙臂，他們忙著面對自己的困境。而我身處這群奇人異士之中，第一次覺得自己是個普通人。希望康諾也有同感，願意陪我再來一次。

開車送我們回家的路上，媽媽問：「聚會如何啊？」

「很棒。」我看著康諾，等他附和。

「嗯，真的很棒。」他望向窗外。

「太好了。你們聊了什麼啊？」

「什麼都有。」我說：「比如說每個人有怎樣的抽動症狀，他們到公共場合有什麼感受之類的。」

媽媽隔著後視鏡觀察康諾。「康諾，你覺得這樣的活動有幫助嗎？」

「嗯？」他漫不經心的哼了聲。

「我問你覺得有沒有幫助。」媽媽又問了一次。

康諾聳聳肩。「或許吧。嗯，能認識其他跟我一樣的人是不錯。只是……」

「什麼？」沒等到康諾的下文，我忍不住催促。

「我在擔心以後會像德克斯特一樣罵髒話。」

「我不覺得『雞奶頭』算是髒話耶。」

「你知道我的意思。」

「你也聽到安卓雅的解釋啦，那是很罕見的狀況。」

「是啦，可是德克斯特剛開始也跟我一樣，只是發出怪聲跟小動作。然後有一天他說出了『雞奶頭』，一切都變了樣。我猜我是害怕未來也會走上這條路。」康諾盯著窗外，我看不見他的表情。「現在的狀況已經夠難受了，我無法想像如果我開始胡說八道會是什麼模樣。要是嚴重到那個地步，那我寧可動腦部手術。」

「別想太多啦。」我說：「我認為你越擔心，越給自己壓力，你的抽動就會越嚴重。說不定就算你開始說出一串字眼，也是很普通的內容，像是『我愛非洲打獵行』之類的。」

康諾笑了聲。「這很普通嗎？」

「對於熱愛去非洲打獵的人來說很正常啊。我真的覺得你不要一直想這件事。」

「下次聚會是什麼時候？」媽媽顯然想改變話題。

「下個月。」我說：「他們一個月聚一次。我們應該要繼續參加，下次我們要聊如何放鬆，還有這些技巧在公共場合能有什麼幫助。」

「艾玟，你說『我們』，可是你不用擔心出門啊。」

「或許我跟你們擔心的點不同。就算我沒有抽動的症狀，但還是要面對其他人盯著我看，把我當成異類對待。」

「是啦，可是你不會引起眾人側目。我想我願意放棄雙手，擺脫妥瑞氏症。」

「別這麼說。我喜歡你現在的模樣。」

「真的嗎？」康諾懷疑的看了我一眼。

「對，包括你的抽動。」

第十八章

到了秋天尾聲，氣溫總算降到舒服的程度。我已經看完沙漠嶺中學圖書館、鳳凰城圖書館，以及我們在倉庫找到的箱子裡每一本跟狼蛛有關的書了。現在我對狼蛛瞭若指掌，比如說有一種黃蜂稱為「食蛛蜂」，牠們會用毒刺麻痹狼蛛，在牠身上產卵，再把狼蛛封在洞穴裡。等到幼蟲孵化，就以狼蛛為食。哇塞！我等不及要拿這件事來嚇人啦，甚至還為此在部落格上發文。

我又貼了幾篇網誌，大多在講園區、學校、狼蛛，還有我如何不用雙手做各種事情。因為沒有特別的主題，所以我把我的部落格命名為「艾玟的七嘴八舌」。總而言之，沒什麼驚險刺激的內容，但我還是多了幾個追蹤者。現在錫安會固定回應，艾蜜莉不時丟出她的「笑死」跟「想你喔」，不過，已經至少有一個星期沒看到其他堪薩斯州朋友的回覆了。

週末一大早，趁著天氣夠涼，爸爸跟我在騎馬場練足球。能再次感受到清涼的氣息真是太好了，但我越來越沒有在週末鑽出被窩的熱情。我想爸爸一定是注意到我與

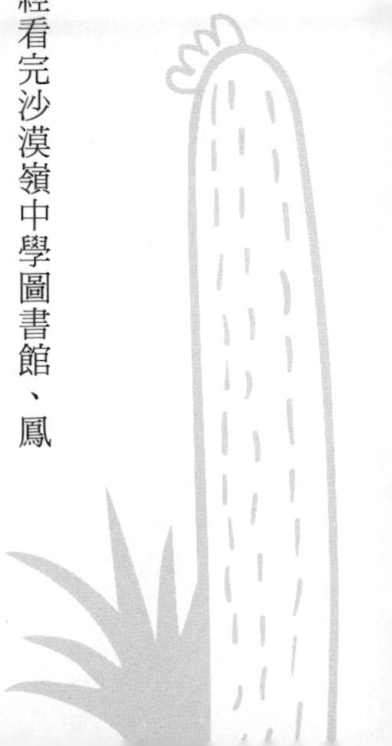

趣缺缺的模樣。

他在園區某處找到一個舊低音號，某天早上來到我房間，吹出刺耳的噪音，高聲歡呼：「艾玟．蘿拉．葛林萬歲！沙漠嶺中學足球隊未來的女王！」我拿枕頭蓋住腦袋，跟他說沒有什麼足球女王。下個週末他還是猛吹低音號，這次的臺詞改成「艾玟．蘿拉．葛林萬歲！沙漠嶺中學足球隊未來的皇帝！」再下一個週末換成「艾玟．蘿拉．葛林萬歲！沙漠嶺中學足球隊未來的世界暴君！」

爸爸說蛇現在都去冬眠了，所以練完足球，我會去爬一下驛馬道後面的山丘。我喜歡俯瞰園區和整座城市，也喜歡拜訪我的巨柱仙人掌。

在山丘上，我幾乎都在找狼蛛跟收集石英石（家裡已經放了不少收藏品）。我在脖子上掛著袋子，袋口敞開，可以用腳輕鬆把石塊丟進去。

現在學校裡大部分的學生，都當我不存在。我猜他們已經習慣看我在校園裡晃來晃去了，不再有人投來驚恐的眼神。我幾乎成了空氣。

我坐在巨柱仙人掌旁邊，看著山丘下可憐的老驢子比利跟駱駝弗瑞德，一遍又一遍的背著小孩踏過塵土飛揚的小徑。我想或許該讓牠們退休，去動物互動區養老了。

或許我們可以用之前在購物商場看過的小火車來取代牠們。

隨著氣溫下降，園區的生意漸漸有了起色，但爸媽說，目前只能勉強打平營運跟整修的支出。

我起身，繞到山丘後側，希望能撿到不一樣的石頭。一條深色物體吸引住我的目光。我脫下平底鞋，用腳趾夾住那個東西，試著撿起來。它的一端與地面相連，怎麼拉都不動。我套回鞋子，踢鬆周圍的沙土，試著挖出埋在下面的神祕物體。

最後總算讓那條東西脫困，我把它放在地上仔細研究，雖然表面包著一層土，但還是看得出它原本是項鍊，在深色金屬上嵌了一顆打磨過的綠松石。我用腳撿起項鍊，放進袋子裡，一路衝回家，打電話給康諾，報告我的大發現。

我們之前確實看過這條項鍊。

第十九章

康諾、錫安跟我三個人在第一堂課鈴聲響起前，坐在外頭草地上。康諾細細打量那條項鍊，錫安小心的翻動脆弱的素描本。每隔幾分鐘都會有一小片碎紙飄落，嚇得我們一同驚叫。錫安總算找到畫了項鍊的那一頁，「絕對就是它。」他說。

康諾拎起項鍊。「金屬幾乎黑掉了，圖上還是淺灰色。」

「我媽說因為銀的成分會氧化發黑。」我說：「看這顆石頭的形狀，上面有一條細細的紋路。一定是同一條項鍊。」

「可是它為什麼會跑到山丘上？」康諾說完吠了一聲。

我聳聳肩。「天知道。」

錫安的視線在我跟康諾之間轉了一圈，雙眼驚恐的瞪大。

「怎麼了？」我問。他掩嘴搖頭，像是腦中的想法太可怕，無法說出口似的。

「怎麼了？」我又問了一次。

「屍體。」錫安悄聲說。

康諾跟我互看一眼。「不知道。」我說。

「還有其他解釋嗎？」錫安說：「有人殺了戴著這條項鍊的人，把她埋在山丘上。不然，它怎麼會出現在上面？」

康諾瞪大雙眼看我。「騎馬小丑黑手黨。」說完，他掩嘴偷笑。

我對他搖頭，努力裝出嚴肅的表情。「我在那座山丘上待了不少時間，從沒看過什麼墓地。」

「說不定是很久以前的命案。」錫安說：「說不定樹叢跟仙人掌之類的把墓地蓋住了。我聽說屍體是很棒的肥料。」

康諾跟我噗哧一笑。「太噁了，」我說：「你從哪聽說這種事情的啊？」

錫安抓抓下巴，「應該是在漫畫書裡看到的。」

「喔，那肯定是真的。」我說。錫安從地上扯了一把雜草丟向我。我甩頭抖掉雜草。「或許，那裡真的埋了屍體，但如此一來，我在山丘上應該會覺得毛毛的，突然一陣寒風吹來，或是……」我想了幾秒，「毛骨悚然！」

康諾笑了笑，吠了一聲。接著，附近的人群間立刻傳來另一聲狗吠。

康諾的臉垮下來。我轉頭狠狠瞪著離我們不遠處的一群學生，其中幾個人正掩嘴竊笑，不斷偷瞄我們。

我回頭對康諾說：「你不該容忍這種事。」

康諾垂頭喪氣。「那我該怎麼做？」

基本上，我不想引來旁人的注意，但有時候衝動的脾氣會凌駕在維持低調的原則之上。

我站起來，對著那群人大吼：「我不知道是誰做的，但總之你的行為爛透了！給我好好反省！」

我「啪」的一聲坐回地上，康諾跟錫安都被我的行為嚇傻了。「看吧，就應該這麼做。」

第二十章

現在康諾跟我幾乎每天都會陪錫安在辦公室後頭吃午餐。康諾還是不大吃東西，偶爾他會吃個一兩口，有時候會把食物吐出來。他努力瞄準牆壁，然而錫安跟我不時要使出忍者的功夫，躲開迎面飛來的蝴蝶餅或是葡萄。

我跟兩個男生坐在辦公室旁的走道邊緣，這時，錫安開口了：「我想去參加《綠野仙蹤》的試鏡。」他棕色的臉頰一片通紅。

「喔，你要演什麼？」我問。

他聳聳肩。「不知道。」

我想了想。「你演……獅子一定很棒。」

他皺眉。「因為我很胖。」

「不是，因為你需要找到勇氣。」我用腳戳戳他，「我不是認真的啦。」

他笑了。「你們有做過這種事嗎？」

「什麼？話劇演員的試鏡嗎？」康諾問。

「對。」

康諾一臉匪夷所思的盯著錫安。「最好有啦。」

我對康諾皺眉。「說不定你是厲害的演員啊。」

「我想我只能演那條亂叫的小狗。」

我不知道還能說什麼，只好跟他們說：「我以前在堪薩斯州念書，六年級的時候學校舉辦了劇本大賽，大家都可以提供靈感、情節和臺詞，到了冬天就要上臺演出。我交出了最棒的劇本。你們聽好了。」我以誇張的口吻說：「《堪薩斯城夜未眠》。」

錫安哼笑一聲，從鼻孔裡噴出幾滴果汁，他用手抹掉。「那在講什麼？」

我清清喉嚨，「《堪薩斯城夜未眠》在講有個超強的忍者，他名叫哈洛德，住在堪薩斯城裡，靠著他可靠的夥伴小豬傑洛德，幫忙打擊犯罪。哈洛德跟傑洛德聯手阻止了銀行搶案。他們還墜入愛河，不是愛上彼此，他們的對象是美麗又凶狠的女士和一頭淑女豬。這部劇的結尾，是哈洛德跟傑洛德與他們另一半的婚禮。」

康諾咯咯輕笑，錫安又被果汁嗆到。

「整部劇的高潮呢，就是哈洛德跟傑洛德對上最終大魔頭的那一場戲。」我甩甩頭髮，「那個最邪惡的反派由我飾演。他們大戰三百回合，哈洛德跟傑洛德扯斷我的手臂，血花四濺，我倒在地上嚥下最後一口氣。」當時我還想過，再跟艾蜜莉的媽媽借一次假人手臂。

「你贏了嗎？」錫安問。

「當然沒有。老師還找我爸媽來面談。他們早就看過我的劇本，覺得內容很讚，所以不太能理解有什麼好談的。當時我裝聾作啞，不過我相信一定有出現過噁心、駭人聽聞之類的字眼。」

「總之呢，有個叫盧克的同學贏了劇本大賽。他的劇名叫做《沙漠上的沙漠之月》，超瞎的對吧？可是評審應該是覺得他的作品超有創意。畢竟他們都認為《堪薩斯城夜未眠》不值一提了，能期待他們的品味有多好嗎？」

「確實。」康諾附和，「他的劇本在講什麼？」

「《沙漠上的沙漠之月》在講月亮。我是說真的。月亮俯瞰著沙漠，愛上了一頭郊狼，那隻郊狼也愛上了月亮，月亮跟郊狼當然永遠無法在一起，所以郊狼不斷嚎叫，終於跟一棵仙人掌成為朋友，發展出美好的結局。我沒在開玩笑。」

「你有參與演出嗎？」錫安問。

「有啊，我演那棵仙人掌，穿著深綠色的戲服，在舞臺上不怎麼亮眼，還要噴滿亮光噴漆。舞臺上放了巨大的紙月亮，從後面打光，讓我被月光照得閃閃發亮。真的很酷。我喜歡上臺的感覺，可是我的臺詞超鳥的。我到現在還記得。」

我以登臺那天一樣的語氣唸出我的臺詞：「郊狼，月亮離這裡有千萬哩遠，我就在地球上陪著你。郊狼，我的新朋友，跟我擁抱時請別被我的針刺傷了。郊狼，如果你要渴死了，我願意付出我的性命，讓你喝我寶貴的仙人掌汁。」

錫安笑得亂七八糟。「好爛喔。」

「我相信你在《綠野仙蹤》裡面會有更好的臺詞。」我說。

「天啊，但願如此。」

「我是說真的。你會愛上舞臺的。當全劇結束，觀眾為我們鼓掌歡呼，我覺得自己無所不能。我甚至以為自己說不定能走上演員之路。」

「那你怎麼沒去演戲？」康諾問。

我盯著兩個男生看。「你們知道世界上有多少個肢體殘缺的電影明星嗎？」

他們都沒回話。我搖搖頭，看著康諾，「對了，我媽說我放學後可以跟你回家，她會在晚餐前來接我。」

「真的嗎？」他的臉一亮，「我以為他們不准你去不熟的人家裡。」

「我媽說她認識你就夠了。而且你媽媽上班時間那麼長，傍晚都在睡覺，我猜我媽很難有機會見到她。我們放學後她會在家吧？」

康諾聳聳肩，吠了一聲。「對，她會在家裡睡覺。她昨晚值了十二小時的班。」

「她怎麼沒想過排白天的班呢？」我問。

「她現在有什麼班能上就會全部排下去。」康諾說：「而且夜班薪水很好。」他看著錫安，「你要不要一起來？」

錫安搖搖頭。「我要去看牙醫。」他的臉皺成一團。

「下一次的互助小組聚會快到了。」我對康諾說。

「互助小組聚會？」錫安問。

康諾咧嘴一笑，「艾玟，你說的是社交活動吧？」

我狠狠瞪了康諾一眼，向錫安說明：「就是每個月在醫院聚會的小團體。」

「抱歉，錫安，只有怪胎可以參加。」

「喂！」我大叫，「那裡沒有人是怪胎。特別是你。」

康諾眨眨眼，聳聳肩，吠了一聲。「你說了算。」

我用力嘆了一大口氣。「總之呢，我媽已經準備好要送我們過去了。」

康諾挑眉，「好個同儕壓力。我猜我不去就太說不過去了。」

「真的。」

第二十一章

康諾帶我進去他跟他媽媽一起住的兩房小公寓。我看了客廳一眼，發現擺設相當陽春——一張三人沙發、小咖啡桌、小邊桌、一盞立燈。牆上沒有照片，角落多了幾個沒開的紙箱。

「等等，你們搬來這裡多久了啊？」

「一年多了。」康諾說：「我知道。媽媽都在上班，沒空整理或是裝潢之類的。而且我們也希望不會在這裡住一輩子。」

我努力忍住難過的表情，對康諾說：「希望是如此。」

我們把書包放到小餐桌上，康諾吠了一聲，桌旁只有兩張椅子。這時，一名睡眼惺忪的金髮女子鑽進廚房，她穿著睡衣，披著睡袍。「寶貝，你回家了？」說完，她注意到我，一副驚訝又尷尬的模樣，連忙拉起睡袍前襟，綁好腰帶。「喔！」她輕聲說：「你帶朋友來家裡啊。」

「媽，她是艾玟。」

她迅速瞄了我的身體一眼，「嗨，艾玟，我蓬頭垢面的真是抱歉。」

「沒關係。」我試著安撫她，「康諾跟我說你上了一整晚的班。」

她愣愣的看著康諾，「對……我只是出來跟他說冰箱裡有一碗起司通心麵，晚餐可以熱來吃。不好意思，沒有多準備──」

「真的沒關係啦。」我在她說完前就答腔。

「媽，艾玟只是來打一下電動，她媽媽會在晚餐前來接她。」

康諾的媽媽看起來尷尬到了極點，真可惜康諾沒有提早跟她說我會來玩。

「布萊德雷太太，不好意思冒昧來訪。很高興終於能見到你。」

「我也是，艾玟。康諾交到了朋友，真是太好了。或許你之後可以再找個時間來玩，在我比較能見人的時候。」

「喔，好啊，我很期待。」真不知道我是怎麼了，竟然脫口對她說：「或許你下次可以陪我們一起去參加妥瑞氏症的互助小組。」

康諾的腦袋朝我抽動幾下，我突然意識到她對這件事一無所知。應驗了我的猜測，她訝異的瞪大雙眼，緩緩重複：「妥瑞氏症的互助小組？」

康諾聳聳肩，「對，你在上班的時候，我跟艾玟去過一次。」

「康諾，我希望你能跟我說一聲。」她緊緊皺眉，「你們怎麼去的？」

「艾玟的媽媽開車送我們。」

「別擔心。」我注意到她關切的神情，「我們不是什麼……呃，精神病家族之類的。我們很正常，除了……」我朝自己的肩膀點了點頭，「不過，我爸媽跟這個無關。」

她投來疲憊的笑容，「我相信你的家人都很好。」她的注意力回到康諾身上。「很高興你去參加互助小組，寶貝。只是……艾玟的媽媽來接她的時候，我想跟她見個面。」

康諾點點頭。她走上前，親親他的頭頂。「我再去睡一下，等等可以叫我起來，讓我把自己打理得像樣一點嗎？」康諾再次點頭。她退回廚房外的走道，消失在黑漆漆的臥室裡。

我轉向康諾，「你媽媽人很好啊，你怎麼——」

他沒讓我講完，「真希望你沒向她提起互助小組。她沒空陪我去，現在她又要為這件事難過了。」

「你至少給她機會，讓她決定要怎麼做吧？」

「她的壓力已經夠大了，不需要給她更多事情煩心。」

「我不知道互助小組會給她壓力。要是不知道你發生了什麼事，相信她的壓力會更大吧。」

「如果不用應付我，她會更好過。」

我突然看清一切了。並不是如康諾所說的，他媽媽無法忍受他，事實上，是他無法忍受自己。他怪自己給媽媽惹麻煩——爸爸離開、這間小公寓、她忙碌的班表。我知道他覺得這都是自己的錯。然而根據剛才的見聞，我強烈懷疑她也是這麼想。

「康諾，她是你媽媽。她不是在應付你，她愛你。你為什麼不讓她——」

「你為什麼老是想要糾正我？」康諾狠狠打斷我，「艾玟，你為什麼不能好好當個朋友就好？我不需要糾正。」

「我不是想糾正你，我不認為你哪裡不好，我只是想幫你。朋友不就是要互相幫忙嗎？」

「你陪我打電動就好。這樣就能幫上我的忙了。」

我壓低視線，看著彩虹條紋平底鞋擦過髒兮兮的地毯。「好吧。但我還是會繼續參加聚會，你想跟就一起來。」我聳聳肩，「我懶得管你。」

康諾的表情軟化不少，咧嘴一笑。「對，這樣就好。嗯，我會去。」

第二十二章

康諾跟我走向妥瑞氏症互助小組的聚會門口，我推開門。

「上場嘍。」他低聲說。這個月的參加人數比較少，房裡只有德克斯特、傑克、馬森。

「嗨，沒有手的艾玟。」德克斯特說。

「德克斯特，這是你新的口頭禪嗎？」我想到他常會說出不得體的言詞。

「什麼意思？」他一臉疑惑。

我低頭笑了笑，「沒事。」

德克斯特拍拍他隔壁的位置，「來坐吧，雞奶頭。」

康諾跟我坐到德克斯特隔壁。「其他人去哪了？」

「不知道。」德克斯特說：「說不定蕾貝卡打自己打得太用力——雞奶頭——昏倒在自家廚房裡。」

傑克用力哼了聲，「德克斯特，一點都不好笑。」

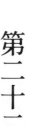

我搖搖頭，「超難笑。」

「抱歉。」他盡全力裝出無辜的模樣，「不然就是廁所。」

「夠了，德克斯特。」安卓雅的視線離開她擱在大腿上的寫字板，「這幾乎越線了，我們是跟其他人一起享樂，不是拿其他人說笑。」她嚴肅的凝視著他，但我聽出她語氣中的一絲笑意。

「對不起。」德克斯特垂下頭，嘟起嘴，「不會有下一次了。」他遮住嘴巴，掩蓋顯而易見的笑容。

「好啦，看來今天就你們這幾位嘍。」安卓雅說：「我們就開始吧。上個月稍微談過對公開場合的恐懼，我認為這個月很適合來討論如何在出門時放鬆的小技巧。任何一個人都不該硬把自己關在家裡，不敢出門探險。盡量過著正常的生活是非常重要的，所以你們要學習適應公開場合。」

「但要是我們沒辦法放鬆，抽動變得超嚴重呢？」傑克發出響亮的叫嚷聲。

「傑克，你這不是已經認定自己在外頭無法放鬆了嗎？所以我才要教你們一些技巧。你們在大庭廣眾之下一定會發作，對吧？你們必須接受這個事實，但不是放任它失控。」

「你說的是習慣反向訓練嗎？」康諾問，「我已經試過了。」

「那是什麼？」我問。

他還來不及回答，安卓雅就先答道：「不是的，康諾，我們今天要討論的不是習慣反向訓練。」

康諾轉向我，「那是嘗試在感覺到抽動的衝動時，專心做一些相互牴觸的動作。經過一陣子的訓練，理論上會降低那股衝動。」

「有效嗎？」

「稍微，但我還沒有練得很好。」

「對某些孩子來說確實有用。」安卓雅說：「但今天我們的重點是放鬆。」

我沒有理會她，對康諾說：「既然有效，那你應該要多試幾次啊。」

「艾玟，我說過我沒有繼續治療了，而且在我身上效果不好。」

我皺眉，踢踢椅子腳。安卓雅繼續指示大家深呼吸。我們閉上眼睛，她叫我們從鼻孔緩緩吸氣，再從嘴巴緩緩吐氣。旁邊的德克斯特不斷大叫「雞奶頭」，害我不太能專心，但我還是盡力了。

安卓雅以和緩的語氣說：「現在感受你們胸口的暖意——美好的感覺，從胸口……傳到肩膀……沿著手臂……來到指尖。」

我實在是忍不住了，整個人差點笑翻。康諾跟另外三個男生也一起大笑。「艾玟，你的指尖開始發熱了嗎？」德克斯特問。

安卓雅繼續要大家想像暖意往下傳到腳底，但大家忙著笑跟抽動，最後她放棄這招，聊起其他放鬆的技巧，包括靠著呼吸、在腦中想像、吃藥，甚至是數數字，或是把車班時刻表仔細看一遍。

之後，安卓雅說每個人都該設定努力的目標，不是什麼大事，能簡單做到的小事就好。就像我爸媽不斷教我的：一次完成一個小任務。

德克斯特說他希望能撐過整場聚會，克制自己不去打電話叫媽媽檢查爐火。安卓雅說這個目標很好，但這時德克斯特又問他能不能打電話給媽媽。傑克說他只想跟喜歡的女同學說聲「嗨」，沒有要約她出去。馬森希望能停止發出放屁聲。

安卓雅問到我的目標時，康諾跟我互看一眼，露出心照不宣的賊笑。不過，我才不會在大家面前提起我們的謀殺案調查呢，我只說我想學會雙節棍，這是真的。

安卓雅向康諾問起他的目標，我脫口而出：「康諾要跟下一個在學校捉弄他的人單挑。」

其他人又笑了，但康諾斜眼瞪我，又對著安卓雅說：「我想我應該要試著出門到什麼地方。搬家後，除了學校跟驛馬道之外，我還沒有去過別的地方。」

他說出目標的語氣毫無熱情，我不認為他有意貫徹到底。

安卓雅說最後十分鐘是自由交流時段，大家紛紛要我表演我能用腳做到什麼事情。安卓雅遞上她的寫字板跟紙筆，我寫下「好手好腳的人都是廢物」。我還表演打開水瓶、把頭髮綁成馬尾——這招效果超讚。

「哇噻，艾玟，你根本就是個超級英雄！」德克斯特說：「就像那種超炫的無手英雄。」

「把我的雙節棍拿過來。」我說。

「無手艾玟！」德克斯特以誇張的語氣介紹：「只要一根腳趾頭就能開寶特瓶！」

我臉紅了（可惡的特發性臉部紅斑症）。「一根腳趾不夠啦，不過隨便你怎麼說。」我瞄向康諾，發現他臉上毫無笑意，他看起來氣極了。

稍晚，在回家的車上，我問：「你怎麼啦？」

「沒事。」他癱在座位上，雙手抱在胸前，「德克斯特只是自以為好笑。」

「他真的很好笑啊。」

「看得出來你覺得他很好笑，但我不這麼想。」他別開臉，看著窗外，喃喃說：「他叫你無手艾玟，我覺得有點火大。」

「互助小組裡面有人叫你無手艾玟？是妥瑞氏症的影響嗎？」媽媽問。

「不是。」康諾說：「是那個人個性爛。」

我看著後照鏡中媽媽的臉，看得出她瞇眼偷笑，我也咧嘴一笑，轉頭看我這邊的窗外風景，差點忍不住笑聲。

我這輩子還沒有讓哪個男生吃過醋。

第二十三章

驛馬道的耶誕節活動超酷的。爸媽認為這段時間的商機足以另外找專業公司，用燈飾妝點整座園區，還在中央大街路中央擺上一棵巨大的耶誕樹。我們從儲藏室裡挖出以前的耶誕飾品，掛在園區各處，像是用馬蹄鐵做的耶誕花圈，還有裝滿假耶誕紅的牛仔皮靴。

爸爸要工作人員在大門外的路標篷車掛上小燈泡，他們還在**驛馬道**的字樣後面添上**耶誕節**，讓大家知道園區有了改變。

我想到可以擺個小攤子，賣熱可可跟烤棉花糖夾心餅乾，我們在園區的幾個地方用淘汰掉的金屬垃圾桶點起火堆。我沒料到亞利桑那州的冬夜會如此寒冷，氣溫甚至好幾次跌破零度。跟康諾在屋外烤棉花糖時（好吧，是他烤給我吃），我還得戴上耳罩，我一點都不希望腳趾被凍得掉下來。

「可惜錫安去度假了。」我說。錫安跟他的家人到紐西蘭玩兩個星期，他們大老遠跑到地球另一端，就為了造訪《魔戒三部曲》的電影場景。跟爸爸說起這件事時，他興致勃勃的挑眉，「我一定要跟他們好好認識認識。」

「錫安說其實那裡現在是夏天。太奇怪了吧？」

康諾沒有回應，東張西望，緊張的吠叫。他懸在火堆上的竹籤微微顫動。「人比平常還要多。」他又吠了一聲，在我們對面烤棉花糖的遊客直盯著他看。

「別被這種小事嚇跑了。」

康諾一臉受到冒犯的模樣，「才不會，我的意思是，只要人別多得太誇張。」

我挑眉，「太誇張的定義是？」

康諾聳聳肩，「比現在多。」

「好吧，希望你不是認真的，不然我會很想念你。」

「相信耶誕節一過，這裡又會冷清下來。」康諾說。顯然這對他來說是好事一樁，但我可不這麼想，我不希望園區冷清下來。康諾從竹籤拔下一顆棉花糖，塞進我嘴裡。「一切就能恢復正常。」

「哇噗希哇恢護更長。」我的嘴巴被棉花糖塞滿。

「呃？」

我吞下棉花糖，「我不希望恢復正常。我想讓這裡繼續熱鬧下去。你要知道，如果園區倒閉，我爸媽就會失業，我們大概又要搬家了。」

康諾皺眉，「也是，我沒想到這點。」他再度往我嘴裡塞了一顆棉花糖，接著說：「那我希望能熱鬧下去……不要太熱鬧就好。」

我們邀請康諾跟他媽媽來吃耶誕夜大餐，在牛排館裡設下宴席，招待無法跟家人過節的員工。爸媽訂了三隻大火雞。

「我能幫什麼忙嗎？」我問喬瑟芬。她忙著指揮廚房裡的每一個人，大家得要做出玉米麵包的塗醬、馬鈴薯泥、水煮玉米，當然還有燉牛仔豆、玉米麵包、生菜絲（我絕對不會碰生菜沙拉。這道菜在我心目中的形象已經毀了，對我來說，它永遠都是腋毛沙拉）。

喬瑟芬遞給我一把壓泥器，「不然你就幫忙搗碎馬鈴薯吧？」她幫我把一大鍋燙熟的馬鈴薯放在地上，讓我用腳操作壓泥器。幾名員工停下來看我做事，但喬瑟芬叫他們滾遠點。只要有人露出一絲反感的表情，她就會狠狠放話：「這將是你們這輩子吃過最讚的馬鈴薯泥。」

弄到一半，亨利走了進來，他雙手插腰，大聲斥責：「艾玟．卡瓦納！你把腳放在食物裡面幹麼？」

就算有一隻跟馬匹一樣大的狼蛛轟隆隆的走進廚房，喬瑟芬應該也不會比現在還要震驚。「你這條老瘋狗！」她對亨利說：「你到現在還沒記住她的名字嗎？滾出去找別的事情做。」她把他趕出廚房，兩人都沒再回來。

等我把馬鈴薯全部搗碎，我隔著活動門往外探頭，看到康諾跟他媽媽坐在一張餐桌旁，跟我媽有說有笑。我知道這是康諾的抽動發作後，他們第一次進餐廳吃飯。看到康諾如此自在，我開心極了（儘管他晚餐沒吃多少）。我們坐到同一桌時，我對康諾說悄悄話：「亨利剛才在廚房裡叫我艾玟．卡瓦納。」

他皺皺鼻子，「你之前也說過，他腦袋真的糊塗了。」

我用腳趾夾起叉子，叉住一大口火雞肉。「或許吧。他一直把我想成別人，可是他為什麼會認為我是卡瓦納家的人？」

康諾聳聳肩，「說不定你看起來就像啊。」

我往嘴裡塞了一口火雞肉，一邊咀嚼一邊思考。「要是能找到從博物館消失的那張照片就好了，或許可以從裡頭得到一些情報。」

「我們就繼續在那間倉庫裡面找吧，那堆垃圾裡面一定有什麼好東西。」

我點點頭，又叉起一塊火雞肉。「希望如此。」

那天晚上，爸媽把耶誕禮物送給我：一副鑲綠松石的白銀耳環，是他們向一名納瓦霍族婦女買來的。我想，要是能把那條項鍊清理乾淨，換掉鍊子，應該跟我的新耳環很搭。我還想到應該請那名婦人來驛馬道賣她的飾品。其實我一直在想還能在園區裡做什麼，我腦中有太多點子了。

那天稍晚，我拉著爸爸去抓狼蛛，之前也做過幾次，我對活捉狼蛛起了執念。他幫我舉著手電筒，讓我挖開白天找到的幾個洞，或許它們是狼蛛的巢穴。但無論多麼努力，我都沒找到過半隻，不禁開始懷疑這個心願是否永遠無法實現。

第二十四章

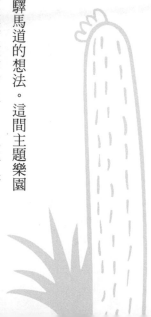

耶誕節活動既歡樂又成功，讓我腦中浮現一堆幫助驛馬道的想法。這間主題樂園太過老舊疲憊，附近市區的居民都曾經造訪過，卻找不到再度來訪的理由。此地沒有任何吸引力，牛排館一成不變的菜色，大家應該也吃膩了。一定要有所革新，否則驛馬道撐不了多久，到時候我們又要何去何從？

爸媽忙著處理園區營運的大小問題，沒空以超然的角度看清全貌，不過我可以。某個寒冷的星期一晚上，我們圍著餐桌吃飯時，我提出了我的構想。

「跟你們說，我昨天在驛馬道裡走了一圈，總共發現十七間空店面。」說著，我咬下一口肉捲。「十七間。」

爸爸嘆氣，「我知道，這個地方就像個鬼鎮。」

「這樣看起來太淒涼了。我們要想辦法讓遊客有事做，弄點東西給他們買。」

「請人、批貨都要錢啊。」媽媽說。

我皺眉，「不能貸款嗎？我聽人說要先花錢才能賺錢。」

爸爸笑了，「你從哪裡聽來的啊？」

「廣告上。」

「好吧，有時候是這樣沒錯。」爸爸說：「但是園區的營運已經用上了幾筆貸款，得跟蓋瑞談談。但我認為這招行不通。」

「沒有其他把那些店面塞滿的辦法了嗎？」

爸爸喝了口水，「我想我們可以出租店面，可是也要考慮去哪找商家進駐，以及如何篩選商家性質。」

「當然了，我們會希望有……牛仔要素。」我看著爸媽，「跟你們說，我最近寫了一些想法，對園區的想法。」

「寶貝，我們很樂意聽聽看。」媽媽說。

我進房間拿了筆記本，回到餐桌旁，用腳趾翻到我要的頁面。「驛馬道吸引人潮的方法。」我高聲唸出內容，以誇張的表情看著爸媽。「第一，無負擔的餐飲選擇。我們的牛排館提供高熱量、高負擔的油膩餐點。雖然在我們的冰淇淋店點一球甜筒，就會免費升級成巨大的冰淇淋聖代，可是園區內卻沒有小餐車或三明治店，或者其他給人吃小點心的地方。」

看得出他們喜歡我的想法，於是我繼續下去：「第二，咖啡跟果昔。媽媽帶我去買東西的時候，商場裡面一定會有這樣的飲料店。第三，更多購物選擇。像是你們送我的耳環那類的納瓦霍族飾品、超酷的皮飾店、專賣牛仔帽的帽子店……等等之類的商店。」

「哇，艾玟，你這些想法都很棒。」爸爸說：「只是太複雜了，寶貝。」

「怎麼會複雜？」

「喔，比如說，我們要去哪裡找來這些小販呢？」媽媽問。

我聳聳肩，繼續吃晚餐，對於我的構想難以實踐深感遺憾。這時，我想到美術老師傑弗利先生，他跟我們說下個週末在泉丘鎮要舉辦藝術節，鼓勵我們去參觀，看看當地藝術家的作品。

「下週末在泉丘鎮有大型的藝術節，會有五百名藝術家參加，說不定能在那裡找到超酷的攤販。」

爸媽互看一眼，「去現場看看也不會少一塊肉。」媽媽說：「應該會很好玩。」

「如果我們舉辦自己的藝術節呢？」我興奮起來，「有藝術家、美食跟音樂……還有煙火！」

他們都笑了。「先別衝得太快。」爸爸說。但我實在是忍不住，腦袋高速運轉。

「剛好可以讓藝術家來驛馬道看看是否想租用店面。中央大街這麼大一條，我們可以舉辦盛大的藝術節。應該要辦在四月初，不然之後會太熱。喔，我在這個節目上看到餐車，然後……」

「小巴巴，慢一點。」爸爸說：「就從參觀別人的藝術節開始，看人家活動辦得如何再說吧？」

「可是，如果我們打算自己辦活動，最好的機會就是在泉丘鎮的藝術節上向藝術家宣傳啊。」

「我做任何事情前都需要得到許可。」爸爸說。

「你是說得到死掉老闆的許可？」

爸爸哈哈大笑，「艾玟！老闆沒死。是的，沒錯，我必須獲得那位活得好好的老闆同意。」

「你不是說他把所有的決策權都交給你嗎？」

「還是有些限制，得要顧慮一堆事情。」

「那就早點開始吧，老爸。別浪費時間啦。」

他看著我的眼神中滿是自豪。「我的女兒可是解決問題大師呢！」

「絕地大師，都是你教出來的。」

「很好，你這個……絕地……同學。」

我翻翻白眼，「爸，好冷喔。」錫安的爸媽肯定想得出更有趣的回應。

「好啦，說到死掉的老闆，你們的最高機密調查行動進度如何？」媽媽問：「找到更多卡瓦納一家的線索了嗎？」

「不太順利，最新的進展是那把吉他。」兩個男生幫我搬回家裡，我也拿給爸媽看過了，他們覺得很炫，但吉他本身沒有透露任何卡瓦納一家的訊息。就連縮寫中的C也不一定代表它屬於卡瓦納家的哪個人。「不過我應該說過吧，亨利跟我說話的時候，總是把我當成其他人看待。」

他們點頭。

「耶誕夜那天，他叫我艾玟．卡瓦納。不覺得很怪嗎？」

爸媽互看一眼，「這個還滿……有意思。」爸爸說。

「確實是挺怪的，但他前天叫我伊莉莎白．泰勒。」媽媽撫過她長長的黑髮，「這樣你就知道他有多麼不會認人了吧？」

我不知道伊莉莎白．泰勒是誰，不過爸爸說：「真的。」順便把空盤子端去水槽。「我要去看看那棟快要塌掉的老房子。有個員工說他們往窗戶裡面看，發現有一群老鼠在裡面亂跑。」他咕噥幾聲，「辦公室裡的鑰匙放得亂七八糟，希望我能找出那棟房子的鑰匙。」

「什麼鑰匙？」我問。

「園區的鑰匙。最重要的幾把有貼標籤，可是至少還有五十把用途不明。我有預感，要花上一整晚的時間試鑰匙了。」

「我都不知道你有所有的鑰匙。」

「小巴巴，當然有啊。沒有鑰匙我要怎麼管理園區呢？」

「喔，我剛好在找一把鑰匙。」

第二十五章

今天難得變冷，我跟康諾、錫安坐在辦公室外的走道旁吃午餐。

「水果軟糖，謝謝。」我說。康諾往我嘴裡塞了一塊水果軟糖。媽媽要我今天穿以前的厚靴子上學，雖然腳趾頭不會凍僵是好事，但真的很不方便。

我看著兩個朋友一邊發抖一邊吃午餐。「太荒謬了。」我說：「我們今天應該要在學校餐廳吃飯才對。」他們一臉戒備的看著我。我得承認即便寒風刺骨，我也還沒準備好自己進餐廳。

「還是待在這裡吧。」他們同時鬆了一口氣。

「我爸說他會努力整理辦公室的鑰匙，然後讓我們試用他找不出用途的部分。我敢說其中一把可以打開辦公桌的抽屜。」

「真想知道抽屜裡面有什麼。」錫安說。

我咀嚼水果軟糖後吞下去。「說不定是凶器。」

錫安打了個哆嗦，「希望不是。」

「我希望是！這樣我們就能交給警察，然後他們會採集指紋，找到兇手，然後我們會上報紙。兇手還會說：『要不是有你們這些愛管閒事的小鬼，我本來可以躲上一輩子！』」

錫安跟康諾對我皺眉。「我不想上報紙。」錫安說。

「我也不想。」康諾說：「我覺得你看太多《叔比狗》了。」

我皺起臉。這兩個傢伙有時候真的很掃興，而且我真的看過超多集《叔比狗》卡通。我努力改變話題。「好啦，有上百位藝術家打電話來詢問活動細節，我們回絕了超多人，因為他們跟驛馬道的風格完全不合。說真的，誰會想買什麼尿布蛋糕啊？呃，不用了，謝謝。巧克力口味就好。」

錫安點點頭。「嗯，那個也太噁。」

「超噁。」康諾附和。

「現在我們要找個樂團。有什麼靈感嗎？」

「應該不會太難找吧，上網查就好了。」這時，康諾對我挑眉，「艾玟，或許你該上臺試試看。」

我無法置信的看著他，「你在開玩笑嗎？」我的耳罩稍微滑了下來，康諾幫我推回原位。

「不是開玩笑，我覺得這樣一定會很酷。」

錫安看著我，「艾玟，你要表演什麼樂器？」

「吉他。」康諾幫我回答，「可是她從不彈給任何人聽。我想她說會彈吉他可能是在唬我。」

我踢了康諾一腳。「閉嘴。」

他笑了，「那就在藝術節上彈一首歌啊，肯定酷到不行。」

「關你什麼事？你又不會來。」

錫安湊向康諾，「你不去嗎？」

康諾聳聳肩，「不知道，艾玟覺得會有幾千人到場。」

錫安直盯著他，「所以呢？」

康諾瞪著錫安，「所以呢？所以會有幾千個人盯著我看，取笑我。」

「他們也會盯著我。」我說：「但我還是會去。」

「很好。」康諾說：「聽好了——如果你上臺彈吉他，我就去看你表演。」

我突然一陣口乾舌燥。「果汁，謝謝。」我輕聲下令，康諾乖乖聽話。我吸了一大口果汁，清清喉嚨。「我不會在藝術節上表演。無論為了什麼，我都不會公開表演。」

「那我就不去了。」康諾語氣執拗。

可惡。他知道我不會上臺，這樣就有藉口不來。

「艾玟，你為什麼不彈給別人聽呢？」錫安問。

我聳聳肩。「我就是不想讓人看我表演。」我想說的其實是不想讓人看怪胎秀。

「為什麼？」錫安問：「你以前不是在大家面前上臺演戲嗎？」

「那個不一樣啦。我穿著白爛的仙人掌裝，不認識我的人甚至不會知道我沒有手。這跟在一大群人面前用腳做事情、表演……差太多了。我會覺得自己是馬戲團演員之類的。」

「你在想什麼啊？」錫安說：「沒有人會那樣看待你。」

可是我知道他錯了。

第二十六章

一般來說，春天多半在三或四月降臨，甚至要等到五月。然而亞利桑那州的冬季更像是春天，中間點綴著幾個冬日。對於無法到處踩雪的我來說，其實不怎麼遺憾。

藝術節進入了緊鑼密鼓的籌備期。爸爸找到一個網站，上頭大概列出了一百個西部鄉村風的樂團供人邀請僱用。我們選了幾個團，他們的表演酬勞相當公道。媽媽跟我花了一整天的時間整理騎馬場的舊舞臺。反正我們沒有要表演騎馬秀，餐車也可以停在這邊。

康諾跟我又參加了兩次互助小組聚會，我感覺到他越來越樂在其中，儘管常常對德克斯特擺臭臉。

另一方面，雖然我每天晚上跟爸爸出去打獵，但還是找不到半隻狼蛛。某天去拜訪義大利麵時，我順口向丹妮絲問起狼蛛的事情。「牠們會靠近動物區嗎？」

「這一帶沒有狼蛛啊。」她一邊說著，一邊清掃骯髒的沙地。

「沒有嗎？可是我以為沙漠裡到處都是耶。我讀過很多狼蛛的資料，每一本書都

清楚寫著，牠們住在亞利桑那州的索諾拉沙漠裡。」

「應該是這樣沒錯，但我猜都市化把牠們都逼走了。」我用腳揉揉義大利麵的側腹。「是喔？可是後面還有很大一片沙漠啊，每次走到那邊我都在找狼蛛，但就是沒有找到。」

丹妮絲停下手邊工作，抹抹額頭。「我想以前確實有不少狼蛛住在這裡，只是幾年前就消失了。亨利說是二〇〇四年左右的事情。」

我瞪大眼睛，「牠們在二〇〇四年消失？亨利不是腦袋不清楚了嗎？」

「近期的事情他記不清。」丹妮絲附和，「不過，有時候他能想起很久以前的事情。」

「二〇〇四年。」我重複一次。

「對。他說：『最後一次有人在這一帶看到活生生的狼蛛，是二〇〇四年的事情了。』」丹妮絲繼續清理地面，「誰知道呢？說不定是他亂講。」

我決定去見亨利一面。他坐在冰淇淋店門口的搖椅上，我站在他面前，問：「狼蛛在什麼時候消失？」

「二〇〇四年。」他答得迅速又確實。

「你為什麼如此肯定？」

「因為啊，牠們跟著她一起離開。」我第一次看到他的眼神如此清醒。

我打了個冷顫，跟外頭的寒風無關。「跟誰？」

他抬頭看我，眼中再次凝聚起疑惑的迷霧。「什麼誰？」

「狼蛛跟誰離開？」

他還是迷迷糊糊的看著我。「寶貝，你要吃冰淇淋嗎？」

我嘆氣：「不用了，謝謝。」

我甚至找上蜜朵夫人，想一探究竟，但她對狼蛛一無所知。她說可能有個昆蟲終結者在二〇〇四年來到此地，把狼蛛殺光。什麼鬼！

康諾、錫安跟我在舊倉庫裡花了不少時間，在老照片跟垃圾間翻找。目前為止，爸爸交給我們的十五把鑰匙全都跟抽屜不合。

「這個也不行。」康諾高聲回報，抽出鑰匙，丟回紙袋裡。

我皺著眉頭，踢開小屋角落的紙箱。高溫跟年分使得紙箱無比脆弱，被我踢得狠狠爆開，裡頭的紙張像海浪般一湧而出。這不是最有條理的調查方法，但總比錫安的做法輕鬆多了。我偷瞄他一眼，看到他小心翼翼的從箱子裡抽出一捲錄影帶，翻開蓋板，活像是裡頭可能藏了《蒙娜麗莎的微笑》。

錫安對我猛搖頭，嚴肅的斥責：「艾玟，你一定要把這個地方搞得像被龍捲風吹過一樣嗎？」

「她畢竟是從堪薩斯州來的。」康諾一邊說著，又換了一把鑰匙。「龍捲風已經深入她的基因。」康諾使勁轉動鑰匙，吠了一聲，「還是不行。」他抽出鑰匙。

我用腳趾翻動地上的紙張，試著從褪色的字跡中看出一點端倪。上頭有許多數字跟文字，像是扣除額、營收、淨利。不知道是什麼意思，總之，我判斷它們太無趣了，肯定不是關鍵線索。

「哇喔！」錫安的叫聲使得康諾跟我放下工作，轉頭看他。他捧著一本書，從頁面間抽出一個東西。「哇喔。」他小聲的重複。

我跟康諾穿過整片垃圾，來到錫安身旁看他到底在哇喔什麼。他舉起一張黑白老照片給我們看——我的照片，雙手健全，戴著綠松石項鍊，攝於一九七三年。

第二十七章

當晚，我拿照片給媽媽看。她凝視了好一會兒，才輕聲說：「可能只是巧合。」但她看起來也不太相信自己這句話。

她坐在我們的小廚房裡，視線沒有離開照片。「她的臉蛋跟你一樣，可是看不出她的頭髮顏色，說不定不同。」

「你不覺得很奇怪嗎？」我問。

她點點頭，放下照片。「絕對是巧合。以前我在電視節目上看過分身……」

「那是什麼？」這個詞聽起來既危險又刺激。

「就是長得很像的陌生人。」

好吧，一點都不刺激。

「總之呢，在這個世界上存在著另一個跟你長得很像的人，幾乎是同一個模子印出來的。可是經過ＤＮＡ檢測，發現他們毫無血緣關係，就只是隨機的產物。」

「好詭異喔。我猜我找到我的身分了。」

她微微一笑，「是分身。」

我想了想說：「不知道亨利是不是認識這個女生，所以他才一直把我認成別人。」

她看看我，又看看照片，正要開口時爸爸走了進來。「壞胚子鮑伯正式離開驛馬道。」他宣布：「終於解脫了。」

「太好了。」媽媽起身，將照片遞給爸爸。「艾玟在那間倉庫裡找到這個。」

爸爸看照片看了很久，才把視線轉向我。

「太怪了吧，你是在那張辦公桌裡找到這個的？」

「不是，鑰匙都沒用。我們發現它夾在一本書中間。」

他沒再多說什麼，但我察覺到他跟媽媽互看一眼，表情不是很開心。

第二十八章

星期六一大早，錫安的媽媽送他來驛馬道，然後媽媽載著我們去康諾家接他。踏上他家門口的水泥路時，他剛好走出門外。

「嗨。」我在公寓前面等他轉身關好門。

他跟老舊的門鎖奮鬥了幾下。「嗨。」他跟我來到車子旁，先朝著擋風玻璃打招呼：「嗨，葛林太太。」說完，他繞到後座，坐在錫安隔壁。

「嗨，康諾。」媽媽開車上路，「對我們的小冒險有沒有很期待啊？我是很期待啦。只要能離開驛馬道，擺脫亂七八糟的活動雜事，什麼都好。我真的需要暫時離開那個地方。」

康諾猶豫的看了我一眼，「艾玟跟錫安都不說我們要去哪裡。」

「喔，那我也要賣個關子。我不想破壞驚喜。」

車子穿過斯科茲戴爾市，康諾放鬆下來。車程間，我們幾乎都在聊亞利桑那州的種種，提到我們為什麼喜歡這裡。

「我搬到這裡才見識到巨柱仙人掌。」我想到那座山丘頂上的龐然大物，「不是我扮演的那一棵。」

於是，話題轉到《堪薩斯城夜未眠》以及超沒勁的《沙漠上的沙漠之月》。電影院有點遠，車子停在門口時，康諾看起來一點都不放鬆了。我知道他在生氣。「艾玟，我說過我一點都不想進電影院。」他的眼睛高速眨動，不斷聳肩。

「康諾，等等……」我說。

「我不要進去！」他幾乎對著我大吼。

錫安癱在他的位置上，盯著自己的膝蓋。

「康諾，冷靜點。」媽媽柔聲說：「我們替你準備了特別的驚喜，不用顧慮其他的觀眾。」

康諾哼了聲。「我當然在乎，我不能進去。」

「當然可以。」媽媽說：「你不相信我們嗎？」

康諾狠狠瞪著我，抽動越來越嚴重。「沒有，可是……」

「沒有可是。」媽媽說：「進去吧，我們要看你們期待到爆的科幻新片。」

康諾仰頭靠上椅背，抽動幾下，哼了幾聲。媽媽把車停好，我們下車，走向售票口，媽媽跟櫃臺人員低聲說了幾句話，買了四張電影票。穿過大廳途中，康諾吠了好幾聲。不過現在還很早，旁邊只有幾個人盯著他看。有康諾在旁邊，大家似乎完全沒注意到我的異常。我覺得對不起康諾，同時又忍不住享受起當隱形人的感覺。

進入影廳後，媽媽說：「看來我們可以自己選喜歡的位置。」影廳裡空蕩蕩的，沒有其他人。

康諾看著我跟錫安，我對他笑了笑。「媽媽打電話聯絡了一大堆電影院，最後找到這間願意讓我們包場。」

「你們是認真的嗎？」康諾問。

「喔，我們無法包下一整間電影院，所以找滿久的。不過，這間電影院經理的兒子也是妥瑞兒，很能體諒你的情況。而且他說反正早場都很空，我們才能夠包廳。」

康諾雙眼一亮，看得出籠罩在他頭上的烏雲都飄走了。光是這樣就值得了。「真的嗎？整間影廳都是我們的？」

「是真的，康諾。」媽媽說。

康諾一手環上媽媽肩頭。「葛林太太，你真的是太酷了！」

「我知道。」她從容的接受讚美，「現在你們去找位置吧。我喜歡坐最後排。」

「可以買爆米花嗎？」康諾問。我知道他一定是開心得要命才會想到食物。

「廢話。」我說：「我也要爆米花，還有小熊軟糖。」

「嗯，你喜歡那個喔？」錫安問。

「廢話。」我們三個走出影廳，「我就愛有嚼勁的軟糖，我也愛肉桂辣軟糖。我爸說這是因為這東西跟我的頭髮一樣紅，跟我的脾氣一樣火辣。」我笑出聲來。

康諾咧嘴一笑，「感謝情報，我們會盡力不惹毛你。」

「你以為那麼容易嗎？」我對兩人瞇細雙眼。

「只能努力嘍。」康諾聳聳肩、眨眨眼。雖然是在公開場合，他的抽動沒有嚴重到失控的程度，這樣很好，希望這代表他更適應外頭的環境了。

「錫安，你爸媽一定很想看這部片吧？」我問。

「開什麼玩笑？他們在上映那天半夜就去看首映場了，還排了四個小時的隊。」

他翻翻白眼，「還打扮成裡面的角色。」

現在還很早，販賣部沒人排隊。媽媽剛才有給我一點錢，我叫錫安從我的錢包裡掏錢，讓兩個男生負責買東西。沒有媽媽在旁邊叫我什麼事情都自己來的感覺，也滿不錯的。

錫安幫大家買了爆米花、汽水、小熊軟糖。在花掉三十塊之後，我們回到影廳裡，康諾跟錫安滿手零食，而我……沒拿什麼東西。半路上我繞進廁所洗腳，等一下還要用腳挖爆米花呢。

我們坐在位置上等電影開場，疑神疑鬼的偷瞄坐在最後排的媽媽。「你覺得她是不是有事瞞著你？」康諾壓低嗓音問：「為什麼要拿餐巾紙蓋滿全身？」

我咯咯輕笑，「外頭很暖，穿短袖也沒差，所以我們出門的時候她常常忘記多帶一件外套，然後室內的冷氣又都很涼，她說餐巾紙就是她的冷氣毯。」我翻翻白眼。堪薩斯州的曾祖母還會在電影院裡開手電筒找路呢，那才真的是尷尬死了。「她在餐廳裡也會這樣，至少在電影院裡沒有人看得到。」

「你想她是不是知道那個女生的身分，只是不跟你說？」康諾又問。

我回頭又看了她一眼，全身蓋著「冷氣毯」，露出愚蠢的笑容。「我覺得沒有，她看起來是真的嚇了一跳。我爸媽說他們完全不知道是怎麼一回事，她說大概只是巧合。」我提到分身。

「我還是不太相信。」康諾說：「你在這個園區裡找到自己分身的機率有多高？」

「這個嘛，我是在網路上看到飛機上兩個座位相鄰的乘客，他們長得和對方一模一樣。還有一個電影明星，大家都以為他是吸血鬼，因為在某張一次世界大戰的照片裡出現了他的分身。」

我們決定不要管媽媽在幹麼，窩進自己的位置。「我知道了！」康諾突然開口，把錫安嚇得跳起來。

「山丘上有個時空傳送門，你戴著那個項鍊走進去，回到一九七三年，在那裡拍下照片。」康諾吠了一聲，對自己的理論洋洋得意。「就是這樣，我解開這個謎團了。你隨時都會遇上長大後的自己，最好當心一點。」

「我幹麼要當心？長大後的我有那麼危險嗎？」

「當然了。」康諾看著錫安，尋求回應。

錫安點點頭。「對，我一定會被長大的艾玟嚇死。要是她就在時空裡遊蕩，為什麼不直接跟我們說出真相呢？那個你一定記得我們吧？」錫安煞有其事的問我。

「說不定她已經死了。」康諾說。我對他勾起嘴角，「騎馬小丑黑手黨？」

「沒錯。」我們笑得亂七八糟。

我用腳夾了一顆爆米花，丟進嘴裡。「這個理論真的很讚，特別是那扇傳送門讓我長出雙手的部分。」

康諾的臉塌了下來，「喔對，我沒考慮到這點。」

「你不會知道神奇的傳送門有什麼魔力。」錫安這句話喚回康諾的笑容。

我決定趁著康諾心情好的時候占他便宜。「那你要來藝術節嗎？」

「我已經說過了。」

「我知道啦，只是想確認一下。」

「不用再多說了。除非有人把我綁起來拖過去，否則我是絕對不會擠進那樣的人潮裡的。」

錫安對康諾賊笑。「別給她太多靈感。」

看來，錫安已經很了解我了。

第二十九章

我打開前門，讓康諾進屋，他拖著腳步踏進我家，一副垂頭喪氣的消沉模樣，我還以為他要哭了。

「你還好嗎？」我問。

他聳聳肩，不知道是抽動還是要迴避話題。他靠著牆壁，沒有看我，吠了一聲。

「我爸媽要拆掉一大片騎馬場的柵欄，讓餐車開進來。我還沒完成語言藝術的爛報告。」

他只是盯著廚房的門。

「嘿，你猜我們請了哪個團來藝術節表演？」我希望能刺激他脫離低潮。

他再次聳肩。

「團名就叫新手樂團。」我哈哈大笑，「他們通常在鬆餅屋之類的地方表演，不過我猜西部鄉村音樂界的生意沒那麼好，所以才有檔期給我們，而且也不貴。」

他還是沒看我。

「你媽媽還好嗎？」

他總算開口，「嗯。」

「在學校怎麼了嗎？」

他沒有回答，只是搖搖頭。我很想逗他開心，說：「嘿，給你一個驚喜。」他跟我來到起居室，我坐在小沙發邊緣，用腳勾著吉他。「你坐啊。」我用下巴指揮他坐在我隔壁。他把背包放到地上，一屁股坐上沙發，吐出誇張的嘆息。

我用腳趾尖撥了幾下琴弦，調調音，深呼吸，命令自己的心跳慢下來，彈起樂曲。過去一個月，我每天都在練〈月河〉這首歌，雖然還是彈錯了一兩個地方，但聽起來還不錯。

在我演奏途中，康諾安靜極了。完完全全的安靜。

等我彈完，我望向他，「你都沒有發作耶。」我把聲音壓得好低，彷彿只要說得大聲一點，就會震碎這脆弱的寂靜，讓康諾在我彈奏時忍下的所有抽動，一口氣發作出來。

之前他求我那麼多次，終於等到我的吉他表演，我以為他會興高采烈，沒想到竟然看到他眼中閃著淚光。「說不定你可以帶吉他到學校，跟在我旁邊隨時彈給我聽。」一滴淚水逃出他的眼眶，沿著臉頰滑落。「這樣我就不用當怪胎了。」

我這輩子極少感受到沒有雙手的不便，只是偶爾會有那麼一瞬間，像是上衣捲在脖子上，或是哪個腦殘丟東西給我，我只能用胸口或是腦袋接住。然而此時此刻，看著康諾臉上的淚水，我真心懊悔自己沒有手，無法幫他擦淚。但我可不打算用腳做這件事。

「怎麼了？」

康諾搖搖頭，低聲說：「我永遠做不到這種事。」

「你當然可以，你學吉他一定沒問題，我可以教你。」

「不是的。」他抹抹臉，「我不是這個意思。艾玟……你不懂。你不論有沒有手都沒差，還是有辦法彈吉他、去博物館跟餐廳，要做什麼都可以。我卻什麼都做不到，我甚至沒辦法出門。」

「你當然可以。你看你最近不是出門好幾次了嗎？參加聚會、去電影院，還來園區好幾次，你想來藝術節也沒有問題。你什麼都做得到。」

「才怪！」康諾怒吼，跳了起來。「我再怎樣也無法控制自己的人生。我不能當演員、當政治家、當老師……諸如此類的。天啊，如果不包場的話，我連電影院都去不了！」

我訝異的張大嘴，「你為什麼想當政治家？」我曾祖母一定會嚇死。幾乎可以看到她揮舞皺巴巴的拳頭，警告康諾革命即將到來。

康諾盯著我看，眼中滿是悲傷。「你想知道我為什麼這麼難過嗎？」

我點頭，「對。」

他的抽動又開始瘋狂發作，一邊聳肩一邊說：「來這裡之前，我走進……一間店，想幫你買小熊軟糖。」

我愣愣的看著他，「你繞去買東西？為了我？幫我買小熊軟糖？」我知道我的語氣很蠢，但在我心目中，這就像是他跑去南極，幫我從企鵝尾巴上拔了根羽毛回來。

他現在得要使出全力才能擠出聲音。「我看到……有人……拿手機……拍我。」

我就像是搭雲霄飛車一般，感覺自己的內臟垂直墜落。「什麼？」

「對……艾玟……他們在拍……我這個怪胎。」

我緩緩搖頭，拒絕相信。「說不定他們在做別的事情。」

「才不是！」他大叫，「你看……我什麼都做不了。因為我是……怪胎。下星期就會在……YouTube上看到……我的怪樣。我不要再出門了！不去上學了！不去聚會了！我才不要去你的鬼活動！」

「停。」我努力保持冷靜，「你不是怪胎，沒有比我怪。你想做什麼就做什麼，你想當政治家就當啊，為什麼不做？」

「因為這個！」他大聲嚷嚷，抽動一發不可收拾。

我搖搖頭，「不對，你就因為某個拿手機拍你的白痴心情不好。康諾，你什麼都做得到。」

「少在那裡說好聽話了。我知道你爸媽……讓你相信你什麼都做得到。才怪！你不能打籃球也不能當外科醫生……或是當太空人。」

我狠狠瞪著他。「我為什麼不能當太空人？因為我是女生？」

「因為你沒有手！」他怒吼的模樣像是要向我揭露隱瞞許久的驚天祕密。

我咬牙切齒，「康諾，不用你來告訴我，我能做什麼或是不能做什麼。」

「喔，是嗎？」

「這有什麼意義？」

「那你為什麼不在藝術節上彈吉他？你為什麼不在學校餐廳吃飯？」

「是我選擇不在別人面前彈吉他或是吃東西，不是因為我做不到。」

「我才不信。」

我瞪著他，「康諾，我們應該要為彼此打氣，這是朋友存在的意義啊。我很遺憾有噁心的傢伙在店裡拍你的影片，可是你沒有權力說我不能做什麼事情，因為……」

「因為你是殘廢。」他替我說完，「艾玟，因為你是殘廢。跟我一樣。」

我起身面對他，不知道我做了什麼才會惹得康諾這麼氣我。以前也有人說過我是殘廢，我的殘缺已經被人提了數百次，但這回他刻意用這個字眼來侮辱我。我感覺到怒火不斷延燒，終於失去理智。「我發誓如果我有手臂，現在就會往你臉上揍下去！」我大吼：「我不是殘廢！我是……殘而不廢！」

「你為什麼這麼生氣？我只是說出事實。我是殘廢，你也是殘廢，那個廢物互助小組裡每個人都是殘廢。我沒在開玩笑。」

「隨便你去別的地方愛怎麼說就怎麼說，別再回來這裡了！」我對他大叫。

「很好。」康諾的抽動嚴重到幾乎說不出話。他拎起背包，拿出那一包小熊軟糖，丟在我腳邊，衝出公寓。

我突然懊悔到無以復加。

第三十章

隔天在學校，我跟康諾避不見面。老實說我根本不用刻意迴避，因為我根本沒有看到或是聽到他。他說他不要上學了，該不會是認真的吧？

就這樣，又過了一天被大家盯著看，沒人跟我搭話的上學日；又在廁間裡吃了一次午餐。我甚至不想見到錫安，不想跟他解釋任何事。我苦苦等到放學的那一刻，一聽到下課鈴聲，差點拔腿衝向回家的公車。

一回到家，我坐在書桌前，瀏覽了最近的幾篇網誌。艾蜜莉沒有回覆，凱拉沒有回覆，我以前的朋友都沒有回覆。我以前的世界少了我依舊持續運行。

我打了一篇新網誌。

我知道自己把沒有雙手這件事看得輕鬆平常。成天抱怨有什麼用呢？這是我的人生，我無法改變。沒辦法移植新的手臂給我。我就是我，這是我所知的一切，也無法改變更多。沒什麼大不了的。

相信你們都在想，「是喔，你別裝了，沒有手一定很不方便吧？」沒錯，有時候真的很不方便，包括一些微不足道的小事，大部分好手好腳的人完全不會意識到哪裡不對。在這邊我要列出二十件少了手臂最大的影響：

1. 無論我有多想甩人巴掌都做不到。猛踩他們腳趾的爽度應該比不上甩巴掌。
2. 不能打拳擊。如果我有雙手，相信我會是專業拳擊手。
3. 做造型很不簡單。有很多我想嘗試的髮型實在是弄不出來，比如說超酷的魚尾辮或是超誇張的髮髻，我曾經在雜誌上看過這些造型。
4. 做所有的事情都要花比較多時間。
5. 不能打籃球。
6. 跟人見面時不能握手。我很想知道我的握力好不好，不過，同時也不用擔心手汗問題。

7. 應該是沒辦法使用鏈鋸跟割草機之類的大型工具。我知道說明書都會警告說不該在吃藥或喝酒後使用，但上面應該要加注沒有手臂也不該使用。
8. 細肩帶背心跟洋裝穿在我身上怎麼看怎麼怪，即便裝上假人手臂也沒用。
9. 從高處拿東西。
10. 背痛。因為沒有手臂很難活動背肌。
11. 腳會很痠，我想我已經得了關節炎。本來就不該像我這樣每天狂操腳趾頭，除非你是猩猩。
12. 沒有殘疾的人會占用無障礙廁所。我需要更多空間，而且等待那些好手好腳的人悠悠閒閒上完，真的超不爽。
13. 沒辦法推動沉重的手推車。雖然還沒碰上這個狀況，相信總有一天我會為此深感困擾。
14. 腳底卡到木刺真的是煩死了。
15. 沒辦法做手部或是手臂按摩，聽說真的超舒服。
16. 不容易維持平衡。

17. 不容易……做任何事情。
18. 無法在朋友難受時，幫他擦眼淚。
19. 無法擁抱他，讓他好過一點。
20. 無法在他走出門外時拉住他。

第三十一章

躺上床鋪時天空已經轉成粉紅色，我的胸口彷彿壓了一株巨柱仙人掌。我聽見家門打開又關上，過了一秒，媽媽衝進我房間。「我有了最棒的靈感！」她開心的大喊，接著才看到我的臉。「喔，親愛的，怎麼啦？」她跑到床邊，坐在我身旁。

我皺眉，「沒事。」

「你已經沒事兩天了，現在來說說你的『沒事』是什麼吧。」

淚水湧入我的眼眶。「康諾昨天來的時候……他說我是殘廢。」

媽媽的眉頭打了結。「喔……好吧。所以你生氣了？」

「對。」

「為什麼？」

「因為，我知道我是。」我努力忍住更多眼淚，「不需要其他人指著鼻子說我是殘廢，說我能做什麼、不能做什麼。」

「我相信他說這些話不是為了傷害你。」

「我只是不希望別人只覺得我是殘廢。我不想要只當艾玟．葛林，那個沒有手的女生。我不想被人貼上那樣的標籤。」

「我認為康諾是最不可能給你貼標籤的人。艾玟，你不該因為有人叫你殘廢就氣得跳腳。你要面對的挑戰確實比其他人多，做大部分的事情確實需要更多時間，你的行動確實受限。但是殘廢跟無能之間有很大的差距。」

「他說我沒辦法成為太空人。」

她笑著起身，對著我說：「我認為這件事對你來說困難許多，但並非不可能，只要裝個機器手臂就好了。」她跳了一段機器人舞，我猜任何一個太空人都用不到如此搞笑的機器手臂。她繼續表演，說：「我不認為你有任何做不到的事情。」

我笑了，突然又想起我正在生氣。「如果你在逗我笑，那是行不通的。」我的眉頭皺得更緊了。

「康諾認為他什麼都做不到，他在氣這件事，所以才會說我什麼都做不到。他根本就是個巨嬰，只會自怨自艾。」

「那你是不是該對他抱持著同理心呢？艾玟，你是他的朋友，你應該要在他垮下的時候挺著他。」

「可是他也沒有挺我啊，他想把我扯成碎片。」

「我不認為他有意傷害你。你也說過了，他這麼做是因為他在生自己的氣，相信現在他的感受糟透了。你別這麼衝動。」

「你還真有臉說我。」我低喃。

「小姐，你說話小心點。」媽媽厲聲說著，用指節鑽我的腦袋。

「痛死了！」我尖叫，用腳推開她的手。「對了，你剛才說有什麼靈感？」

想起原本要跟我提的事情，她又興奮起來。「我跟新手樂團的人聊過了。我跟他們說到你的事情，還有你多愛彈吉他，我們認為如果讓你跟他們合奏一首歌說不定不錯。」她掩嘴哼笑，像是提出了史上最炫的表演項目。

我皺眉。真的假的？又來提這件事？「媽，我不這麼想。」

她的臉一塌，我瞬間覺得好沮喪，竟然讓她失望了。「為什麼？」

「我才不要上臺給一堆人欣賞沒有手的女生彈吉他，我才不是馬戲團的小丑。」

媽媽的怒火馬上引燃。「艾玟！」她看起來被我嚇了一大跳，我頓時深感愧疚。

「你怎麼能說出這種話？我希望你跟他們同臺是因我為我的女兒感到驕傲。因為我想讓大家看見你的好，不是要讓你上臺出醜，成為笑柄。你是哪裡不對勁？」

「全部。」我說：「我全身上下都不對勁。」說完，我跳下床，衝出公寓。

天色漸漸暗下，我在中央大街打轉，無視還在園區裡閒逛的遊客。我不想回家。我踢踢地上的沙土，怒火在心中悶燒，漫無目的遊蕩。

我氣我跟康諾吵的那一架、我氣我討厭學校的想法、我氣我想念以前的學校跟朋友的心情。但我最氣的是康諾說得沒錯——我就是個殘廢，在大家眼中我不會是別的東西。我永遠無法做到大家都能做的事情。我永遠無法成為外科醫生、當太空人、上臺演戲，無論我多麼的激動憤怒，聲稱我做得到。

看到義大利麵時，我停下腳步，貼著牠的腦袋，小聲說：「只有你懂我。」

我繼續到處晃，來到園區安靜的角落。這裡放了一輛舊馬車，我爬上去，坐在車廂裡，直到晚餐時間結束，爸爸來陪我坐在馬車上。

「媽媽很擔心你。她幫你留了一碗義大利麵。」

我以最戲劇化的方式哼了一聲。「我沒心情吃義大利麵。」

「我也是。」他同意，「你知道嗎？她甚至沒把牠的毛皮剝掉，超噁。我牙縫裡有沒有卡到駱馬毛？」爸爸掀開嘴脣，湊到我面前，讓我看他的牙齒。

「哈哈。我剛才還在動物互動區看到牠呢，牠才不是晚餐的主菜，去找別人說你的冷笑話吧。」

他在我隔壁默默坐了好一會兒，我幾乎聽得見他腦袋不斷運轉，努力想出話題。最後他說：「聽說後天就是足球隊入隊選拔。」

「喔，你聽說後天就是足球隊入隊選拔？」

「對，在我打電話到學校好幾次，兩個星期前在月曆上做了記號，今天又打電話確認一次，在手機裡設了通知之後聽說的。」

「爸，我不參加選拔了。」

「喔，我不認為你該參加，不可能。我只是跟你說一下，讓你能避開選拔活動。我不想讓你不小心遇上入隊選拔，不小心加入球隊之類的。」他敲敲車廂牆壁，「這樣一定很糟。」

我盡全力皺眉，不想讓他破壞我的壞心情。

「今晚真美，看看那些星星。」

我抬起頭，「什麼星星？」我哼了聲，「在城市裡根本就看不到什麼鬼星星好不好。」

「你看那裡。」他指著天空，「那裡就有一顆啊。」

我翻翻白眼。「爸，那叫行星。」

「喔，是喔，應該是吧。木星嗎？」

「大概是。」我望向天上另一個光點，「那個大概是金星。」

爸爸看著我，「小巴巴，怎麼啦？」

我嘆氣，咬咬嘴脣。「只是……我現在覺得心裡亂七八糟的。希望我的人生跟其他人一樣簡單。你覺得……」我以更大的力道咬住嘴脣，忍住顫抖。

「寶貝，我覺得怎樣？」

「如果我有手臂，你覺得我還要等上兩年才會被人領養嗎？」

「要是你早點被人看見，無論有沒有手臂，他們都會在兩秒內領養你。你是我們的女兒，你在等待我們，就是這麼簡單。」

「我只是希望我跟其他人一樣。」

他凝視我好一會。「這個想法真是可怕。」

我皺眉，「哪裡可怕了？康諾就想跟大家一樣啊。」我用力睜大眼睛，努力把淚水留在眼眶裡。「我也是。」

爸爸一手抱著我，「你為什麼想跟其他人一樣？」

儘管我如此努力，一顆淚水還是脫離眼眶，沿著我的臉頰滑落。「這樣我就可以穿可愛的小背心，在藝術節彈吉他，不用擔心一直被人盯著看。」我深呼吸，「我也不用繼續在廁所裡面吃飯了。」

爸爸用力皺眉。「你為什麼一定要在廁所裡吃飯呢？」

我用肩膀擦臉。「因為我不想被其他同學看到。」

爸爸深深嘆息，仰頭望天。「天上那些星星……它們全都不一樣。」他看著我，「但它們都是最耀眼的。」

我吸吸鼻子，「爸，太老哏了。」

他哈哈大笑，「是很老哏沒錯，可是這是真話。」他把我緊緊抱進懷裡，裝出最好笑的睿智神情，裝模作樣的揉揉下巴。「沒有人點亮提燈後又把它藏在籃子裡，他們會把燈放在桌上，讓大家看見燈光。」

我翻翻白眼，像這樣把主日學課題融入談話中一定讓他開心極了。「好吧，我會去坐在餐廳桌邊。」

他親親我的頭頂。「艾玟，別跟其他人一樣。當你自己就好。」

「我要怎樣？當個提燈？」

「不是提燈，」他戳戳我的側腹，害我癢得扭來扭去。「是讓大家看得一清二楚的燈光。」他托起我的下巴，迎上我的視線，「不會躲在廁所裡的明燈。」

他爬下馬車，「準備好了就回家吧。跟你說，在你到家前，媽媽不會停止在家裡走來走去。」

我笑了笑，縮進車廂裡，直到身體被車緣擋住。我聽見他笑著走遠，看了看旁邊的車廂牆壁，發現有人在上頭刻了字。

我緩緩脫下平底鞋，以顫抖的腳趾撫過那行刻印。在看起來像是愛心的圖案裡，有人刻下「艾玟到此一遊」的字樣。

我回想起康諾跟我在倉庫裡找到的第一個箱子，上頭寫著A、V、N三個字母。

康諾從一開始就沒說錯。

是艾玟，不是卡瓦納。

第三十二章

隔天午休時間，我跟錫安坐在辦公室後的走道旁。

「你知道康諾在哪裡嗎？」他把洋芋片丟進嘴裡，遞給我一片，我用腳趾接過。「這兩三天都沒有看到他耶。」

我垂頭盯著自己的午餐，慢慢咀嚼洋芋片。「不知道。」

「有什麼問題嗎？」錫安問。

「怎麼會有什麼問題呢？」

「不然你怎麼不知道他在哪裡？」

「我不可能對他的行蹤一清二楚。」我哼了聲，「我又不是他的……貼身保鏢。」

錫安對我挑眉，「艾玟。」他的語氣中帶了點譴責。

我嘆息。「好吧，我們吵了一架。」

「吵了什麼？」

我聳聳肩，「他傷了我的心，我傷了他的心，所以大家都傷心。就這樣。」我抬

頭看他，「只是一場誤會。」

「你還是早點跟他和好吧。」

「要是找不到他，我也沒辦法跟他和好啊。」

「他總要來上學的吧。」

「等他來上學……」我越說越小聲。然後呢？

「等他來上學？」錫安催我說下去。

「等他來上學，我會跟他好好說。」

放學後，我走進酒館兼牛排館，坐在吧檯邊，穿上全套牛仔裝的調酒師（我知道他只是普通的大學留級生）向我挑眉。

「查理，給我來杯重口味的。」

看得出他在忍笑。「艾玟，你知道你不能坐吧檯這裡。」

我咕噥幾聲，垂頭靠上年代久遠的木頭吧檯，額頭重重敲上磨得亮晶晶的橡木。

「這規矩爛死了。」我喃喃抱怨，將前額緊緊貼住冰涼的木板。

「不是我定的。」查理說：「是那個……叫什麼來著？喔對，法律，是法律規定的。」他指著旁邊的桌子，「去那裡坐，我再送飲料過去。」

我滑下高腳椅，額頭擦過吧檯表面。「今天最好給我多放點櫻桃。」我重重坐到桌邊。

過了一分鐘，查理把我的飲料放在我面前。「沙士獻給這位寂寞的小姐，多一份甜櫻桃。」

我皺眉，「你為什麼覺得我很寂寞？」

他摸摸我的額頭。「你這裡被吧檯撞出一大片紅斑了。」他繞回吧檯裡，替兩名客人服務。

查理貼心的幫我插了根吸管，我傷心的大口喝下沙士。杯子幾乎空了，我故意大聲吸起最後一口飲料，吧檯邊的客人盯著我看，但我才不在意，吸出更大的聲音。或許我是想蓋過討厭的鋼琴聲，現在我超想一腳踹飛那個鋼琴師。

「我這輩子還沒看過有人有這麼浮誇的演技。」

我抬起頭，看到喬瑟芬站在我的面前。我放下空杯子，往後靠坐，喃喃道歉：

「抱歉。」

喬瑟芬拉了張椅子，坐到我對面。「想跟我說說發生了什麼事嗎？」

我聳了聳肩，「你怎麼會認為我發生了什麼事？」

我用力皺眉，臉上的肌肉都被扯痛了。

「喔，我可不知道。你這幾天來愁雲慘霧的，感覺就像是身旁有人死了。」

「沒有人死掉。」我盯著紅白配色的塑膠格紋桌布，「只是朋友在生我的氣。」

「喔，每次都要吠幾聲的那個嗎？」

我點頭。

「你們看起來感情很好，相信很快就能和好。」

我抬頭看著喬瑟芬，突然意識到，除了她是驛馬道的開園元老之外，我對她幾乎一無所知。儘管不時看到她的身影，但她總是忙到沒空跟我搭話。我不想錯過這個獲得情報的機會。

「喬瑟芬，你有家人嗎？」我問。

她一臉訝異，「呃，沒有。嗯，沒有。」

「你結過婚嗎？」

她笑了笑。「沒空搞那種無聊事。」

我點頭表示同意。「我想我這輩子也不會結婚。」

她笑出聲來。「才十三歲就知道自己不會結婚。」她拍了桌面一掌，「簡直是同一個樣子。」

「什麼同一個樣子？」

喬瑟芬一副被我逮到她放了響屁似的表情。「沒什麼，只是在感嘆現在的年輕人。」

我盯著她看，「你在這裡做了很久，對吧？」

「對，差不多六十年啦。」

「哇，好久喔。」

「真的。」

「你一直都在餐廳工作嗎？」

「喔，沒有，我在園區裡做各種工作，幾乎每個崗位都待過。」

「你有當過靈媒嗎？」

她又笑了。「好吧，總有些領域沒碰過。」

「你為什麼一直待在這裡？」

她的指尖輪流敲打著塑膠桌布。「我想是因為我喜歡這裡吧。」

我細細打量她的臉。「所以說你一九七三年的時候也在這裡？」

她的手指停了下來，腦袋微微一歪。「當然。怎麼了？」

「當時這裡是不是有個女生，長得跟我一樣，只是有雙手？我知道這聽起來很不可思議，但我認為她的名字也是艾玟。」

這番話似乎讓喬瑟芬有些不安，她換個姿勢。「我沒有……沒什麼印象。」說完，她扶著桌面起身。

「你知道我在說誰，對吧？」

「我真的該回去工作啦。燉牛仔豆可不會自己上桌！」

「等等！」

但她早已走遠。

第三十三章

隔天放學後，我自己去搭公車，希望能在車上遇到康諾，沒想到爸爸竟然在公車旁等我。

「爸，你來這裡做什麼？」

「幫你送這個過來。」他拎起掛在肩上的包包，掛到我脖子上。「裡面有你的短褲跟T恤、護脛，媽媽幫你訂了全新的魔鬼氈釘鞋。」

我嘆了口氣，「爸，我……」

「我沒有要你去參加入隊選拔，只是讓你多一個選擇。你可以轉身跑去球場，或是掛著這個袋子上公車回家。」他親親我的額頭，「小巴巴，看你怎麼選了。」我目送他離開。

其他同學擠上公車，我站在人行道，足球用具袋掛在脖子上，心裡還在想著說不定能見到康諾。

自從小學二年級第一次踢球後，我就愛上了足球。我踢得超強的，幾乎感覺像在

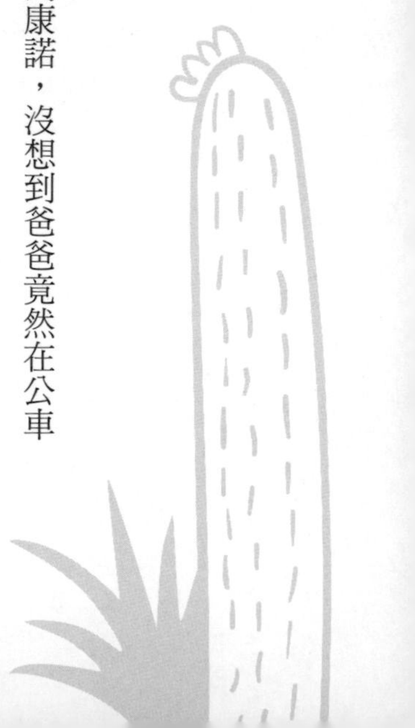

作弊，因為我的腳跟手一樣靈活，可是在足球場上不准用手，別跟其他人說。

足球成了我跟爸爸之間維繫感情的絕佳活動，他會在放學後陪我練習，我們也會一起看足球比賽節目（當然是在看完《獨行俠》影集之後）。

我們支持巴西隊。不知道為什麼要替巴西隊加油，不過，我想這是因為他們沒把足球跟美式足球搞混，爸爸說他們的腦袋比較清楚。

我問他如果不用「美式足球」這個詞，要如何稱呼那個運動？

「撞人大賽。」他說。

熱愛足球的不只有爸爸跟我，媽媽絕不會錯過我的任何一場比賽。她就像是那種讓人超尷尬的瘋狂家長，把小孩子的運動看得太過認真。她不斷對我的教練大吼大叫，惹得教練總是威脅要禁止她觀賽。那個教練就是我爸。

「艾玟，你要上車嗎？」公車司機的聲音把我嚇了一跳。

難以想像再次踏上球場，在新的學校，跟著新的教練，努力成為新球隊的一員。大家依然盯著我看，不過，人生中總會遇到各種難關，要是遇上一點阻礙就放棄，那還像話嗎？

別忘了我是誰——我可是高高在上的示巴女王。
我抬頭望向公車司機，「今天不搭了。」說完，我轉身離開。

第三十四章

我把包包丟在場邊的板凳上，走向成堆的足球，用腳勾出一顆，開始緩緩盤球。我瞄向同樣是來參加選拔的一小群女生，她們聚在一起有說有笑。

我回頭繼續盤球，將注意力全放在球上，努力不去想在球場另一端的那群女孩。

「嗨。」有人在我背後出聲，我用腳停球，轉過身——是我第一天上學在科學課堂上說過幾句話的女生。她的棕色長髮綁成高高的馬尾。

「你是艾玟對吧？」

方才的一陣運動讓我有點喘。「沒錯。」

「我是潔西卡。」她拉緊馬尾，「我們在看你盤球。」

我的胃一沉，她們當然在看我。我努力挺起肩膀。「喔？」

「你踢得很好耶，你練球練多久啦？」

「喔。」我的語氣稍微輕快了些，「大概從二年級開始。你呢？」

「這是我第二年踢球，相信你一定能加入球隊。」

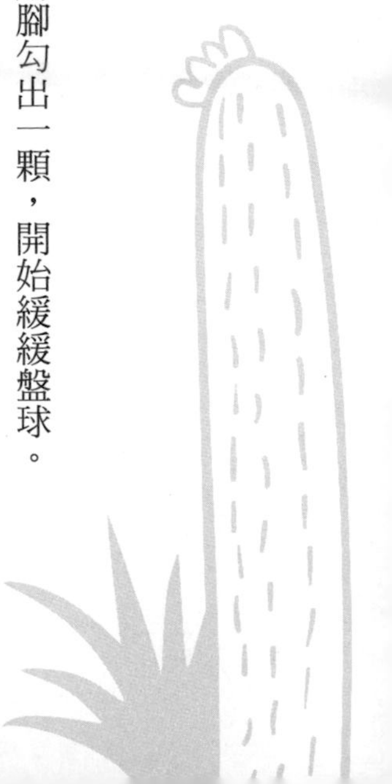

我希望自己沒有笑得太誇張。「真的嗎？」

「真的。你控球的技術超棒。」

「謝啦！」

「你一定會很愛我們的球隊。」潔西卡說得像是我已經通過了選拔，「去外地比賽超好玩的，去年我們在巴士上化妝，還從後面打惡作劇電話給富勒教練。她在那裡。」潔西卡指著一名矮小結實的灰髮女性，她人在球場另一頭，專心研究著手中的文件。

「大概玩了十次吧，她對我們大吼：『你們這群小太妹，我要報警了！』車上每個人都聽得一清二楚。」她笑了幾聲，「超好笑的，奧莉薇亞還拿她的手機錄了影片。」她朝那群女生比劃，我猜其中一個就是奧莉薇亞。「等一下再給你看影片，你一定會笑翻。」

「聽起來很好玩耶，希望我能加入球隊。」

「你一定會喜歡球隊的。我們還有披薩派對，去年舉辦過全隊的睡衣派對。」

富勒教練叫大家集合，準備開始了。

「我想我們該走了。」我對潔西卡說。

她對我微笑。「嗯，走吧。」她打手勢要我跟上，雖然只是跟著她走向教練跟前，我卻覺得自己像在跳舞。

第三十五章

入隊選拔之後，爸爸開車載我回家。選拔一結束，他就像是相信我肯定會去參加似的冒出來。

他哪來的讀心術啊？

我在車上向他描述選拔的一切細節，他笑得合不攏嘴。抵達驛馬道時，他打開駕駛座中控臺，抽出一個信封。「我在牛排館的一個抽屜裡找到這個。」說著，他把信封翻了個面，上頭只寫著「辦公桌」。

「這個跟我辦公室桌子的抽屜不合。」他掀開我的書包，將信封塞進去。「小巴巴，找到什麼再跟我說。」

我以最快的速度衝向舊倉庫，搶在最後一絲從窗戶溜進屋裡的陽光消失之前。我脫下鞋子，打開書包，抽出那個信封，用腳趾往裡頭一探，夾出兩把串在圈圈上的鑰匙。努力夾起其中一把鑰匙，插進辦公桌的抽屜鎖孔時，我覺得自己像是在玩那種超難的密室脫逃遊戲。

總算找到合適的鑰匙了，我用腳跟把鑰匙一路推到底，使出全身力氣才轉得動，腳趾間的皮膚被磨得刺痛，幸好鑰匙乖乖轉動。我拉出最底層的抽屜，往裡頭一看，又是一疊文件。我抽出那些紙張，在昏暗的光線之下幾乎看不清楚內容。不過在這些文件底部，抽屜的最深處，藏著一個相框。我用腳趾小心翼翼的取出，將它放在面前的地上。

照片裡是兩名紅髮女性，她們站在牛排館前方，手挽著手。其中一位較年長的女性，我一眼就認出她的身分；另一個則是素未謀面，但我在她臉上看見自己的面容。她戴著那條項鍊，她懷孕了。

我把照片塞進書包帶回家，媽媽已經把晚餐的碗盤放到桌上，轉身對我笑得燦爛。「如何?還順利嗎?」

我花了幾秒才搞清楚她在問哪件事。「喔，足球隊嗎?」

「當然是足球啦。」她哈哈大笑，接著臉垮了下來。「結果不好嗎?」

「沒有啦，一切順利。」

「那又怎麼啦?」她問。

「我打開那個辦公桌了。」她默默看著我，「在抽屜裡找到一張照片，放在我包包裡。」

媽媽馬上把我的書包拿下來，放到餐桌上打開，取出那個相框，仔仔細細的看了好一會。

「我知道它原本掛在哪裡。」我跟她說。

我們一起走到博物館，媽媽將那張照片擺在牆上的空位：卡瓦納一家攝於驛馬道，二〇〇四年。

我出生的那一年。

媽媽重重嘆息，「你將那個女生的照片給我們看之後，我們就擔心會是這樣的狀況。但我們沒辦法確定，也不知道能問誰……甚至聯絡過之前的領養轉介平臺，但你的出生證明跟所有的身分紀錄都被封起來了，他們不能透露任何資訊。我們還沒想好還能做什麼。」

「我也不知道該怎麼辦。」我說：「你想她知道嗎？」

媽媽轉過來，摸摸我的頭髮。「她怎麼可能不知道呢？」她雙手捏了捏我的肩膀，「你想去跟她談談嗎？」

我看著照片裡的年長女性，我一定要知道，爸媽也需要知道真相。我深呼吸，輕聲說：「好啊。」

「要我陪你去嗎？」

我抬頭看她，「我想我該自己去找她。」

媽媽點頭，「我懂。」

我走向牛排館，相框放在我的袋子裡。我看喬瑟芬替其中一桌點了餐，跟在她背後鑽進廚房。

她往托盤上放了兩份漢堡，發現我站在一旁。「艾玟，你在這裡做啥啊？」

「我需要跟你談談。」

「我快忙死了。」她推開通往用餐區的活動門，我一路跟了出去。

我等她把漢堡放在客人眼前，又跟著她回到廚房。「我需要跟你談談。」要轉身離開很容易，但我才不會被她、被自己緊張的心情給嚇跑了。

她停下腳步，雙手抱在胸口。「是有多重要的事，值得我放下晚餐的生意？」

我直視著她，心跳加速。「你不跟我談的話，我就不走。」

她挫折的用力嘆息，帶我進了餐廳的小辦公室。「你最好長話短說，外頭還有好幾桌客人在等呢。」

我把包包放到桌上，翻開袋口，用腳抽出那個相框。相框很沉，我的腳趾抖了幾下，差點滑落。在相框掉落之前，喬瑟芬一把搶了過去，她雙手顫抖，緩緩將照片翻到正面。

「我知道你認識她，請告訴我真相。」

「是的。」她垂頭凝視照片，眼中泛起淚光，「我知道。」

「這張照片在我出生那年拍的。我還找到另一張她的照片，看起來跟我現在差不多大。她長得很像我，她是我母親，對吧？」

喬瑟芬點點頭。

「你們都是卡瓦納家的人。」

她再次點頭，小聲說：「對，她是我女兒。」

「也就是說……你是我的外婆？」

她的視線從照片移向我。「沒錯。」

「所以我才會在這裡嗎？是你把我們帶到這裡？」

「你們會來到這裡是因為我想看看你，想跟你見面。」

我搖頭。「為什麼？你原本打算跟我說嗎？」

「沒有。」

我深吸一口氣，緩緩吐掉。「我腦袋一團亂。那她現在在哪？住在這一帶嗎？」

「她不在了。」喬瑟芬說：「你出生後幾個禮拜，她就過世了。」

「喔。」我無聲驚嘆。我總以為親生父母是因為我的殘疾才捨棄我，從沒想過我的母親早已不在人世。

「我跟她說多休息一陣子再上場表演，但她誰的話都不聽。從來沒有人能說她做不到什麼事。」她抹抹眼睛，悄聲說：「誰都不行。我們認為她是突然暈眩，不然，她不可能會像那樣從馬背上摔下來。」

我咬咬嘴脣，「抱歉。」

喬瑟芬搖搖頭，擺擺手。

「那我父親呢？」

喬瑟芬聳肩。「不知道。艾玟從沒跟我說過他的身分。跟你說，她一直想生個孩子，但就是找不到想嫁的人。她年紀越來越大，我猜她是決定全部自己來。她說既然我能把她養大，那她也做得到。她總是那樣——掌握一切選擇權，什麼事都自己來，不聽任何人的阻止。是她給了你艾玟這個名字。」喬瑟芬笑了一聲，「她說男人不都喜歡替孩子取自己的名字嗎？那她的女兒為什麼不能也叫艾玟？她的個性就像沖天炮一樣。她死後，我不知道該怎麼辦。我上了年紀，還要經營整個園區。我自認沒辦法全心全意照顧你這樣的孩子，於是，我想最好還是讓合適的家庭領養你。」

「所以你就把我送出去了。」

「對。」

「讓我在寄養家庭待了兩年。」

淚水湧上她的眼眶。「我不知道會這樣，我只是以為會有個很棒的家庭，領養像你這樣的孩子。」

「像我這樣的孩子。」我重複。

她搖搖頭。「喔，我現在說什麼都不對。」

我嘆息，「現在都不重要了。你說得對，確實有個很棒的家庭領養了我，這才是重點。那你又是怎麼找到我們的？」

「我就是無法忘記你，很想知道你過得好不好。」她垂頭盯著桌面，紅了臉。「所以我就，嗯，請人去找你們。」她抬頭看我，像是要檢查我的反應，然後又再次移開視線。「他呢，嗯，這幾年來會定期向我報告你們的狀況。」

「所以說你在跟蹤我們？」我尖叫。

「不、不、不、不、不，不是跟蹤，只是確認你們都過得好。後來我發現你爸爸有一陣子沒有工作，你們快要失去房子了。」

「是嗎？」這件事還是第一次聽說。

「他們當然沒有跟你說，他們是很好的爸媽。」

「對，他們超好的。」

「然後我想到一個計畫，邀請你爸爸來應徵這個工作。我已經好幾年沒有好好管理園區了。在那件事之後……」她凝視照片，「總之呢，我喜歡待在餐廳裡做事，盯著其他的事情，像是特務那樣。以前的園區總經理在牛仔帽下除了頭髮什麼都沒有，所以在得知你爸爸以前是餐廳經理後，我鬆了一口氣，心想值得一試。我也不確定他會來應徵，所以知道他來到這裡我很開心。」

「他為什麼會不知道你就是老闆？」

「喔，我對外做生意都是以喬．卡瓦納自稱，不過在園區裡，我就是喬瑟芬．奧克雷。不覺得這樣有種神祕感嗎？」

我愣愣看著她，不知道該做何感想。

「如果他們都知道我的身分，就會跟以前一樣什麼事都拿來煩我。我已經無法處理那麼多事務了，只有會計師蓋瑞知道真相，我比較喜歡這樣。」她一手梳過染紅的頭髮。「還有亨利，不過他腦袋不行了。艾玟生前就在這裡的老員工只剩他了，我努力確保不會有人知道我是誰。」她對我笑了笑，「早該知道你會拆穿一切，你這麼聰明，就跟她一樣。」

我深呼吸。「那現在呢？你要我叫你外婆嗎？」

「喔，天啊！沒有這回事。我完全沒打算向你透露這一切。我要離開驛馬道了。

我也到了該退休的年紀，有哪個八十歲的老人還要這樣折騰啊？你隨便拿把叉子就能戳死我。」

「你要去哪裡？」

「黃金日落退休社區，離這裡大概五哩。」她點點頭，「對，那裡有游泳池跟超普通的餐廳，我想我在那裡會過得很好。」她直視我，「我從不預期你會想讓我進入你的人生。我只是很高興，看到你現在過得這麼好。」

「那驛馬道要怎麼辦？」我擔心爸媽又要失業了。

「喔，它已經是你的地盤啦。」

我跳了起來。「這是什麼意思？」

「我的意思是，你是驛馬道的老闆了。目前由你爸媽經營，但是等你滿十八歲，所有權就會轉移到你頭上，你想怎麼做就怎麼做。」

「你是認真的嗎？」

她點頭。「你是我唯一的親人，我只能為你做到這一步了。」

「這塊地很值錢。」我揚起下巴，「說不定我該賣了它，遠走高飛。」

「你想的話當然可以。」

我沉默了一會。「不行。我想我不會賣掉它，我滿喜歡這個地方的。」

「艾玟也喜歡這裡。你知道她會彈吉他唱歌嗎？她以前會在這裡表演給遊客看。」

「我也會彈吉他。」

她微微一笑。「我一點都不意外。」

「所以說艾玟，她……她是園區的表演者？」

「喔，是啊。不只是吉他，她還會在馬場表演騎術。她就愛獲得眾人目光。」

「再跟我多說一些她的事情。」

喬瑟芬勾起嘴角，「她好愛狼蛛。」

第三十六章

這是個舒服完美的傍晚，我把一整排足球依序踢進球門。我越來越喜歡亞利桑那州了——燦爛的陽光、飄在空氣中的橘子花香、走到哪裡都能赤腳踩上柔軟的草地，還有美麗的日落。踢出最後一顆球，我仰頭看著傍晚的天空，看起來像是用水彩筆畫上粉紅色、橘色和紫色。我滿足的呼出一口氣。

「葛林，做得好。」富勒教練高喊。我跑向潔西卡，跟她練習傳球，其他的女生輪流練習射門。

「這個週末要在我家舉辦球隊成軍派對。」我們一邊練習，潔西卡一邊氣喘吁吁的問：「要來嗎？」

「好啊，我該帶什麼東西嗎？」

「嗯……」潔西卡停頓幾秒，腳踩在球上。「來點汽水如何？」

「好啊，對了，你有沒有想來藝術節玩？」

「喔，對，我相信大部分的隊員都打算去逛逛。」

「各位，今天練得很不錯。」富勒教練說。

我看看腳踝上的錶。「哇，時間過得真快。明天見嘍。」

潔西卡的視線越過我，沒有回應。我聽見狗叫聲，轉過頭，看到康諾站在場邊。

「他是你朋友嗎？」

康諾向我揮手，我笑了。「對，他是我最好的朋友。」

她把球踢給我，咧嘴一笑，向我挑眉。「他滿可愛的啊。」說完，她跑上前，加入其他往更衣室走的隊員。

我邊喘邊笑，走向康諾，在他面前三呎左右停了下來。「嗨。」

「嗨。」他低頭看看自己的腳，又抬頭看我，「你加入足球隊了。」

「是啊。」

「你還交到新朋友了。」他比了比跟其他人一起回更衣室的潔西卡。

我看了她一眼，注意力回到康諾身上，打量他痛苦的表情。「對，可是我很想念我的老朋友。」

康諾笑了笑，聳聳肩。

「你去哪了？」我問。

「就待在家裡，我決定不要再來學校了。」

「那你為什麼改變心意？」

「因為你，還有我媽。她昨天叫我滾下床，我以為她要載我去學校，但她卻打電話跟醫院請假，陪我一整天。」

「是嗎？」

康諾點點頭。「對，我們還出去吃晚餐。」

「真的？在真正的餐廳？」

「對。好吧，算是啦。我們買了外帶，拿到公園吃，不過也算是在外面吃啦。」

「真的。」我說：「這是個很好的開始啊。」我們尷尬的對望一會兒。

「你一定猜不到調查出現了什麼進展。」

「什麼？」

「喬瑟芬，在牛排館工作的阿姨——她其實是我外婆。」

他的下巴掉了。「什麼？」

我點頭。「沒錯。她就是喬．卡瓦納。就是她僱用了我爸媽。」

「為什麼？」

「她說她想見我，確認我過得很好。」

「那照片裡的女生是誰？」

「我的親生母親。」

「她出了什麼事？」

「她死了。」喉嚨卡卡的感覺，想多認識她的心情讓我訝異不已。

「艾玟，我很遺憾。」

「喬瑟芬放棄養育我，因為她不認為她有辦法好好照顧我，我猜她認為那是最好的安排。」

「相信她那時候是這麼想的。不過顯然她後悔了，才會把你們找來這裡。」

「都過了這麼多年，要是她以為能再跟我建立起什麼關係，那她真的想太多。」

我把鞋底的釘子插進土裡。

「當然了。」康諾答腔，「她一定是個很糟的人。」

「呃……嗯，也不是……」康諾對我勾起嘴角，我瞪著他，「我看穿你的詭計了！我還沒準備好原諒她拋棄了我。」

「她也沒有把你丟在沙漠的洞窟裡啊。她幾歲了？」

「八十三歲。」

「那你出生的時候她已經七十歲了。我猜當年她想：『老天爺啊，等這孩子高中畢業的時候，我都要九十歲了，她得要幫我推輪椅、辦喪禮。用腳辦到這些事肯定不容易。』」

「你的德州腔爛死了。」

「你抓到重點啦。」

「或許吧。」我對著地面微笑，用釘鞋踢踢沙土。「大家真的都會來藝術節耶，我想一定會很成功。」

「艾玟，你做的任何事都保證會成功。」

被他一誇，我的臉一陣發燙。「只是很遺憾你沒辦法到場。」我直視著他，「少了你，一切都不一樣了。」

「我會考慮看看，好嗎？」他說：「我最多只能做到這樣。」

「我猜你到時候會來的。」

我們默默站了一會。「我媽要陪我去下次聚會。」康諾說。

「太棒了。」

「你想跟我們去嗎？」他皺眉，「相信德克斯特見到你一定會很開心。」

「我很樂意為了你參加，不是為了德克斯特。」

「你確定嗎？我知道他超好笑的。」

「確定。而且他其實也沒有那麼好笑。」

康諾笑了。「我還在想說不定你能教我一點吉他，看會有什麼成果。」

「沒問題。」

「我媽跟我在網路上看到一支影片，是妥瑞氏症患者的音樂療法，甚至有辦法讓他們在演奏音樂時停止抽動。我向她提起你跟吉他的事情，她認為試試這個方法或許不錯。她真的很喜歡你。」

「太棒了，我是說音樂的事。你媽也很棒，她開始關心你了。」

「是啊，因為我讓她關心我。你說得對。」

「廢話，我這麼聰明。」我把頭髮往後一甩。

「真的，要上太空也沒問題啦！」

第三十七章

藝術節當天早上，天還沒亮我就醒了。要做的事情太多，我等不及啦！第一件事是坐在電腦前貼出新的網誌。

歡迎各位今天來驛馬道參加我們的藝術節！這裡有超棒的美食跟藝術展示跟煙火！將會帶給你們前所未有的歡樂時光！

我已經脫離穿不好褲子的時期很久了，沒想到，今天會興奮到一直扣不上牛仔褲的釦子，最後總算穿好，一路衝下樓。

爸媽已經在園區裡巡場，檢查所有的細節。媽媽看到我的第一句話是：「回樓上吃點東西。」

「吃了。」

「騙人。」

我到動物互動區探望義大利麵，用腳拍拍牠，在牠耳邊小聲說：「今天會很忙呢。」牠抬頭懶洋洋的看著我，又垂下脖子，像是在說「不干我的事」。

我整個早上都在驛馬道各處繞來繞去，努力幫忙，替每一個人跑腿、傳話、打電話聯絡各種事情。

到了九點，我餓到腦袋發昏，只好陪喬瑟芬坐在牛排館的廚房裡，吃掉一碗燉豆子。「今天可是你的大日子呢。」她說。

我用腳趾夾著湯匙，小心翼翼的往嘴裡送了一口豆子。「忘記問你一件事了。」

「什麼事？」

「我在後面的山丘上找到一條舊項鍊，是鑲了綠松石的銀項鍊。」

「那東西還在上頭嗎？我們把艾玟的骨灰灑在山丘頂上。那是她最愛的項鍊，所以我把它掛在小小的木頭十字架上。我以為它早就不見了，八成是在雨季的時候就被沖走，之後可以讓我看看那條項鍊嗎？」

「當然。」我放下湯匙，把碗推開，「我該走了。」我離開廚房，期盼能早點克服在喬瑟芬身旁感受到的彆扭心情。

我繞到外頭，發現沒有大量湧入的遊客，心裡一陣失落——沒看到康諾更是喪氣。過了十點，幾名遊客踏進園區，隨著時間過去，入園人潮越來越穩定。

新手樂團在中午左右登上最近整理好的舞臺，開始表演。我不知道該對業餘團體抱持多大期待，不過他們的表現還不差。除了在某首歌中提到把培根或是班尼迪克蛋丟來丟去之外，他們演奏的大多是很正常的鄉村音樂。

接近傍晚時段，停車場達到前所未有的盛況。我四處閒晃，享受慶典氣氛，跟參展的藝術家聊起他們的作品。

我找到錫安，跟他一起在騎馬場吃了一大堆邪惡的垃圾食物。通常他對飲食相當節制，所以很高興看到他稍微放鬆了些。

我們看著一大群小鬼擠進動物互動區，甚至還有幾個人給予義大利麵些許關注，儘管牠一副不領情的模樣。

我向喬瑟芬跟亨利介紹錫安，又跑到射擊場上射中一條橡膠蛇，還把臉湊到畫滿仙人掌的看板後方，讓錫安幫我拍紀念照。

無論走到哪裡，我都在尋找康諾的身影。

到了六點，我丟下錫安，回公寓換上晚間表演的服裝。昨天媽媽帶我去買衣服，替這次的演出挑了一件新連身裙。她幫我把新衣服放在床上，或許是怕我在最後一刻決定穿別的衣服上臺。

我心臟狂跳，小心翼翼的從頭套進去，抖抖身體，讓連身裙滑下來，用腳趾拉拉裙襬，花了幾分鐘才順平整件衣服。我站在衣櫃的全身鏡前打量自己的模樣。

媽媽從背後抱住我。「我喜歡你打扮成這樣，不過，感覺少了點什麼。」她從口袋裡掏出一條項鍊，環上我的脖子——是那條綠松石項鍊。她幫我清理乾淨，換上新的鍊子。「跟你的粉紅色連身裙很搭。」

「謝了，媽，謝謝你幫我整理好項鍊。跟你說，這是艾玟最愛的飾品。」

「是嗎？喔，那可是加倍特別，對吧？」她捏捏我的肩膀。

我凝視著鏡中的自己，心想我是否真的要以這副模樣站到眾人面前。

「跟你說，聽說很多人今天來這裡，是因為看了你的部落格。」

我抬頭看她。「我的部落格？」

「對，他們說很喜歡你的貼文。」

「怎麼可能？我又沒有什麼好玩的東西可以寫。」

媽媽雙手捧著我的臉頰。「你，艾玟．葛林，是我見過最有趣的人。」她親親我的鼻尖。

走向家門口時，她問：「艾玟，你要不要套一件毛衣？晚上可能會有點涼。」

我搖搖頭。「我的肩膀已經被蓋著太久了，它們需要透透氣。」

她走向我，一根手指勾住我的細肩帶，輕輕扯了下。「真的。」

下樓時，天空看起來像棉花糖似的。我好愛慶典的聲音和氣味，炸熱狗跟鐵鍋爆米花、辣椒、漏斗蛋糕。在前往舞臺途中，我遇上潔西卡跟一大群足球隊的女生。

「你們來啦。」我笑開了臉。

「艾玟，太好玩了，你看起來超棒的！」潔西卡說。

「謝啦。」我臉紅了，「你們該來看看舞臺表演。」

她們跟在我背後，我瞥見錫安獨自坐在桌邊，抱著一盒爆米花猛吃。我帶著整群女生走向他，向他介紹我的新朋友。他含糊的打了招呼，眼睛直盯著自己的腳，努力把爆米花藏到背後。

我走向舞臺，站在臺階下。新手樂團的主唱一看到我，就對觀眾說他們有個特別來賓，我走上臺，加入他們。他幫我把吉他放在舞臺上的椅子前，我坐了下來。

然而那不是我的吉他，是我們在舊倉庫的辦公桌下找到的那一把，是我母親的吉他。有人把它清理過、修好、重新上了弦。我望向觀眾，找到注視著我的爸媽，媽媽向我送了個飛吻。我脫下我的小花圖案平底鞋，用不太穩的腳趾頭撥撥琴弦。

我們表演了〈風吹草球滾〉這首老歌，雖然我負責的部分相當簡單，但我還是瘋狂練了一個星期。在我們演出時，一大群觀眾聚集到舞臺前，他們全都看著我——看著身穿粉紅色細肩帶連身裙的我。看我戴著我母親的項鍊、彈著我母親的吉他、臉頰紅得像是要爆炸。主唱朝我拋了個媚眼，我笑得樂不可支。我望向觀眾，看到潔西卡跟其他女生興奮的看著我；看到錫安笑著揮手，我朝他點點頭；看到爸媽勾著對方的手臂，隨著節奏搖擺。

我看到喬瑟芬在人群最後方看著我。她掛著傷痛的表情，不知道是不是想起了她的女兒。我想像她的處境有多麼辛苦，失去了唯一的女兒，而且已經「上了年紀」。我想到康諾的話，或許她真心相信那是最好的安排。

於是我想或許等她離開這裡，我會去黃金落日退休社區探望她；或許我們可以在超普通的餐廳一起吃頓飯；或許可以陪一堆老人在泳池裡游泳。我對她微笑，她傷痛的表情似乎消散了些。

這時，我看到康諾，他正從人群中央往前排移動。雖然被這麼多人包圍，他卻沒有抽動。在我演奏的期間，他看起來平靜極了。

等到這首歌結束，觀眾為我們鼓掌，我起身鞠躬。主唱指著我，對我拍手，臺下的掌聲更加熱烈了。我再次鞠躬。

我衝下臺，在臺階旁撞上康諾，我覺得自己渾身上下充滿快要爆發的能量。「快點！」我對他說：「煙火快開始了！」我們跑離舞臺，在人群後方找到錫安。我們跑過金礦區時，他追了上來。這裡現在由一個名叫拉米羅的新人掌管，他一點都不討厭小孩。一大群小鬼正拚命想要挖出真正的驛馬道黃金。我們三個沿著後面的小路來到沙漠，爬上那座山丘，唯一的光源是明亮的滿月。

快要爬到山頂時，我以眼角餘光瞥見某個東西。我停下腳步，緊盯著地面，看到一個疑似巨大蜘蛛的物體躲進洞裡。

康諾轉過身。「怎麼了？」

我心跳加速，因為表演，因為爬坡，以及我剛才看到的那個東西。「我好像看到什麼了。」

「晚點再跟我們說。」康諾說：「快來不及了。」

到了山頂，我坐在我的巨柱仙人掌旁邊，康諾坐我旁邊，錫安則坐他旁邊。「就知道你會來。」我對康諾說。

他笑了聲。「直到一個小時前，我還不知道我會來。」月光下，他看著我，眨眨眼。「有來真的是太好了。」他吠了聲。

「我也是。」錫安跟我同時開口。

康諾俯視都市燈火。「你常常來這裡對吧？」

「是啊，沒錯，想思考或是獨處的時候我就會上來，在這裡可以看得更清楚。」

「你看到什麼？」康諾問。

我低頭望向驛馬道，又回頭看著康諾跟錫安。「我看到我最要好的兩個朋友。」

錫安笑出一口白牙。

「所以我很高興能帶你們來到這裡，到現在為止發生的一切都讓我開心極了。要不是有那些意外，我就無法認識你們。認識你們是最棒的事情。」

第一發煙火照亮了康諾淺棕色的雙眼。「艾玟，我也很高興能認識你。」

「我也是。」錫安說。

煙火在燦爛的城市燈火上空炸開，像是為了百萬居民亮起的百萬盞燈。我不再覺得自己是那麼微不足道，感覺我跟旁邊那棵巨柱仙人掌一樣高大，感覺我正在發亮，或許不只是因為月光。或許我就是光。

第三十八章

我坐在書桌前，盯著電腦螢幕。「看我一槍斃了你，到時候看誰還笑得出來！」牛仔秀的臺詞從窗外傳來。我勾起嘴角，想起之前跟康諾玩的惡作劇，感覺像是好久以前的事情。

外頭槍聲大作，我用腳趾輕輕敲打鍵盤，哼著〈風吹草球滾〉，思考該寫什麼。

感謝昨天來驛馬道參加藝術節的每一個人，我永遠不會忘記如此美好的一天。

過去幾個星期，我收到越來越多電子郵件，都是來自跟我處境相同的孩子——沒有雙手的孩子。很多人希望我為各種事情提供些建議，但其中大多是跟學校相關的煩惱，比如說要如何交朋友、如何完成作業，以及如何面對惡意批評和「眼光」。

我想了很多，列出了沒有手的人在中學的二十個生存必備之道：

1.好穿的鞋子。方便脫下是最大的重點，能輕鬆穿上也一樣重要。

2.幽默感。我是認真的，各位一定要準備好這個東西。我沒在開玩笑。

3.分量充足的早餐。你不知道哪天會被逼得沒辦法吃午餐，所以一大早就把一天需要的能量充飽吧。

4.方便拿出來吃的袋裝午餐。你真的想端著巨大的托盤穿過學校餐廳嗎？放棄辣椒跟海鮮巧達湯吧。真的，別去想那些玩意兒。

5.好背、好開、好關、好拿東西的書包。

6.一大堆可愛的上衣，無論有沒有手都該擁有。如果你已經有了，那麼，再來幾件背心吧！

7.防霸凌噴霧。跟驅熊噴霧差不多，只是更好用，應該能解決那些在背後說你壞話的傢伙。我一定要發明這種東西。

8.厚臉皮。這是你的鎧甲，臉皮裝甲。

9.電子閱讀器真的超好用，還可以避免腳趾被紙割到。

10. 某種運動或是娛樂嗜好——足球、跳舞、游泳、花式跳房子。你一定做得到！我要用最誠懇的語氣向各位呼籲。
11. 好扣的褲子。相信我，當你在學校內急的時候，你會很慶幸有聽我的建議。
12. 萬用輔助鉤。扣褲子的釦子、從口袋裡掏出鈔票，絕對少不了好用的鉤子。
13. 各式各樣的趾甲油。男生可能不太在乎這種事情啦，不過，大家總是盯著我們的腳看，我們總想拿出最好的一面，對吧？各位女士，對吧！
14. 雙節棍。至少在防霸凌噴霧問世前準備好這個武器。
15. 開闊的心胸跟眼界。你以為只有你自己格格不入嗎？有沒有想到獨自坐在圖書館或是屋外走道旁的同學？
16. 超棒的家長，一定要有。
17. 聽你說話的朋友。
18. 陪你歡笑的朋友。
19. 勇敢的朋友。
20. 愛你原本樣貌的朋友。

最後幾項不好找，但是只要找到了（我誠摯希望你能遇到），請永遠珍惜他們，別讓他們離開。

有人搭上我的肩膀，我抬起頭，看到媽媽站在我背後。「你是忍者嗎？走路怎麼都沒有聲音？」

「我喜歡你最新的網誌。」

「謝啦。喔，我終於給部落格想到好名字啦。『艾玟的七嘴八舌』有點虛。」

「那這個世界知名的部落格要叫什麼呢？」

「無手國中生的生存指南。」

她哈哈大笑。「超讚！保證世界上沒有第二個這樣的部落格。」

「廢話，我想出來的耶。」

第三十九章

康諾、錫安跟我走在熱鬧的學校走道上。現在是午休時間，同學拎著午餐袋子分散各處，坐在草地上吃三明治。

我們聊起週末的計畫，他們要幫我在山丘頂上舉辦艾玟的追思會，我認為這會讓喬瑟芬驚喜萬分。我也打算教他們彈吉他。康諾希望能改善抽動的症狀，錫安想改善他跟女生相處的窘境。

「藝術節之後，已經有五間店面租出去了。」我說：「都是很厲害的藝術家。」

「讚耶！」錫安說。

「我一直在想夏天的驛馬道有多麼死氣沉沉。」我說：「太熱了，沒有人會想要來晒太陽，所以我觀察了幾間戶外商場，記錄他們用什麼招數在夏天吸引客人。聽好了——」我跳到兩人面前，他們停下腳步，注意力都放在我身上。我停頓幾秒，製造戲劇效果，最後才以電影預告旁白般的語氣說：「兒童戲水區。」

「你要在驛馬道放那種小噴水池？」康諾問。

「不是隨便噴噴水而已，是那種傳統的小泳池。」

「是喔，就像以前拓荒時代的牛仔帶他家小孩玩的那種。」錫安說。

「哈哈。我是說除了普通的戲水區之外，還會挖一條小溪搭配打水的風車，說不定再來個滑水道之類的。當然了，還是要符合驛馬道的主題。」

「很不錯啊。」康諾說。

「對。我們可以到處種幾棵大樹，加上野餐用的桌椅，讓家長可以坐在那裡休息。要是我們有自己的三明治店跟飲料攤，他們就能在園區裡面吃午餐了。我還想到要在園區裡開一間賣懷舊玩具的店，超酷的那種。就算是夏天，遊客也會想全家大小一起來玩。」

「艾玟，跟你說，我覺得你以後可以好好經營那個地方。」

「開什麼玩笑？」康諾說：「這已經是她現在的工作啦。」

「喔，還有一件事。」我說：「我要去學騎馬。」

「酷欸。」康諾說。

「太讚了。」錫安說。

各位知道嗎？他們看起來一點都不意外。

潔西卡走到我們身旁。「嗨，艾玟。」她跟我打招呼，另外兩個跟她一起的女生向我揮手。

「嗨，晚點球場見！」

經過學校餐廳門口，我停下腳步。兩個男生也跟著停下，疑惑的看著我。我看看康諾，又看看錫安。我走向那扇門，「要一起吃午餐嗎？」我問。

康諾的嘴角微微勾起，他吠了一聲，走到門邊，幫我推開門板。「女士優先？」他的語氣幾乎像是在問我確定嗎？是否下定了決心？

我對康諾微笑，上前踏進我從未涉足過的學校餐廳。我這輩子有好多事情要做，到各地遊歷、嘗試新事物、結交新朋友。

還要成為大放光明的燈火。

學習單

1 思考這本書的書名，為什麼要取這個名字？艾玟為什麼在書中說她的人生在仙人掌一生中只是微不足道的小事？

2 如果你沒有雙手，人生會有什麼改變？如果沒有雙手，會遭遇什麼樣的阻礙？要如何克服那些阻礙？

3 這本書是以艾玟的第一人稱視角來描寫。如果改以第三人稱視角來寫的話，會有什麼變化？你是否注意到艾玟在對讀者說話時，跟她寫部落格時有什麼差異？

4 如果你擁有像艾玟一樣的部落格，會發表什麼樣的內容？

5 艾玟第一次遇到康諾時，他說她沒有雙手，她回答：「天啊！我就知道今天把什麼東西忘在家裡了！」各位能在故事中找到其他橋段，是艾玟拿她沒有雙臂的事情來開玩笑嗎？她為什麼要這麼做？

6
艾玟轉學的第一天，有個女生問她的殘缺會不會傳染。她為什麼要這麼問？如果你是艾玟，會有什麼感受？

7
錫安為什麼要在辦公室後面的走道自己吃午餐？各位知道有誰在學校總是獨自行動呢？有沒有什麼辦法能讓對方加入你的活動？

8
拿艾玟跟康諾來比較。康諾對於自己的妥瑞氏症，是否像艾玟接受自己沒有雙手一樣自在？

9
艾玟跟康諾為什麼會大吵一架？他們能以更好的方式表達自己的感受嗎？要是朋友傷了你的心，你會如何反應？

10
艾玟跟康諾與家人的相處模式很不一樣。有哪些差異之處？這些差異對於他們看待自己的方式有什麼影響？

11 第三十四章發生了什麼事？為什麼讓艾玟覺得她像在跳舞？假如潔西卡在艾玟轉學的第一天就以這種態度對待她，整個故事會有什麼轉變？

12 思考作者選擇的舞臺「驛馬道西部主題樂園」，這是否影響你閱讀這個故事的心態？

13 狼蛛是故事中的重要元素。牠們的消失有什麼重大意義？艾玟尋找牠們的舉動又代表什麼？

14 我們在故事一開始看到的艾玟跟結局的艾玟有極大的差異。她有什麼地方沒變，又有哪些地方變了？也試著比較康諾的前後變化。

15 舉出你在閱讀時感受到同理心的時刻。要如何在日常生活中更具備同理心呢？

少年天下系列 —— 078

仙人掌女孩

作　　者｜達斯蒂・寶林（Dusti Bowling）
譯　　者｜楊佳蓉

責任編輯｜江乃欣
特約編輯｜吳伯玲
封面設計｜薛慧瑩、蕭旭芳
內頁排版｜旭豐數位排版有限公司
行銷企劃｜葉怡伶

天下雜誌群創辦人｜殷允芃
董事長兼執行長｜何琦瑜
媒體暨產品事業群
總經理｜游玉雪
副總經理｜林彥傑
總編輯｜林欣靜
行銷總監｜林育菁
副總監｜李幼婷
版權主任｜何晨瑋、黃微真

出版者｜親子天下股份有限公司
地址｜臺北市104建國北路一段96號4樓
電話｜（02）2509-2800　傳真｜（02）2509-2462
網址｜www.parenting.com.tw
讀者服務專線｜（02）2662-0332　週一～週五：09:00~17:30
讀者服務傳真｜（02）2662-6048　客服信箱｜parenting@cw.com.tw

法律顧問｜台英國際商務法律事務所・羅明通律師
製版印刷｜中原造像股份有限公司
總經銷｜大和圖書有限公司　電話：（02）8990-2588

出版日期｜2022年6月第一版第一次印行
　　　　　2024年7月第一版第六次印行
定　　價｜320元
書　　號｜BKKNF071P
I S B N｜978-626-305-223-9

訂購服務 ——
親子天下 Shopping｜shopping.parenting.com.tw
海外・大量訂購｜parenting@cw.com.tw
書香花園｜臺北市建國北路二段6巷11號　電話（02）2506-1635
劃撥帳號｜50331356　親子天下股份有限公司

立即購買 >

有聲故事書

國家圖書館出版品預行編目資料

仙人掌女孩 / 達斯蒂.寶林(Dusti Bowling)文；楊佳蓉譯. -- 第一版. -- 臺北市：親子天下股份有限公司, 2022.06
264面；14.8X21公分. -- (少年天下；78)

譯自：Insignificant events in the life of a cactus.
ISBN 978-626-305-223-9(平裝)

874.59　　111005468